U0453925

织着
飘飘洒洒
在这个多雨的季节
在这个飘雨的夜
一阵风吹过
带来狂热的情
这是我渴望很久的期盼
多少个梦里
我和你浪漫地相逢
那长长的思念
是前世的缘

姜泉甬 诗集

姜泉甬 著

知识产权出版社

全国百佳图书出版单位

图书在版编目（CIP）数据

姜泉甬诗集 / 姜泉甬著 . —北京：知识产权出版社，2015.8
ISBN 978-7-5130-3706-8

I.①姜…　II.①姜…　III.①诗集—中国—当代　IV.①I227

中国版本图书馆 CIP 数据核字 (2015) 第 183818 号

责任编辑：李　娟

姜泉甬诗集

姜泉甬　著

出版发行：	知识产权出版社有限责任公司	网　址：	http://www.ipph.cn
			http://www.laichushu.com
电　话：	010-82004826	邮　编：	100088
社　址：	北京市海淀区马甸南村 1 号		
责编电话：	010-82000860 转 8594	责编邮箱：	aprilnut@foxmail.com
发行电话：	010-82000860 转 8101/8029	发行传真：	010-82000893/82003279
印　刷：	北京中献拓方科技发展有限公司	经　销：	各大网上书店、新华书店及相关专业书店
开　本：	720mm×1000mm 1/16	印　张：	16
版　次：	2015 年 8 月第 1 版	印　次：	2015 年 8 月第 1 次印刷
字　数：	200 千字	定　价：	39.80 元

ISBN 978-7-5130-3706-8

 诗中带酒香　任侠行天下

在首都北京的亚奥商圈核心地段，被誉为"绝版黄金旺地"之所，耸立着一座富丽堂皇的欧式建筑，那就是享誉中外的红码头国际葡萄酒城。走进酒城，迎面可见一座时尚而又典雅的厅堂，名为爱酒堡，其掌门人为泉甬，现年四十岁。

这个年龄的人，在酒业领军人物的队伍里尚属年轻，在人们眼里，他确实如一个充满阳光的年轻小伙，时尚之中还带着一股书卷气。但他却已经在创业路上历经跌宕起伏，可谓曾经沧海。他当过拳师，办过学校，做过建材生意，开过茶馆，一度大落又一度大起。

泉甬四十年传奇般的人生就像他写的一首诗，浪漫并且精彩。

精彩
背着梦想
行走在人海
一路美景
为人生喝彩

精彩
春天里树绿花开
百鸟在枝上嬉戏恩爱
梦中的图画
正走进现在

精彩
高歌未来心潮澎湃
创新之花遍地栽

中国梦成就一代

继往而开来

让我们的生活更精彩

精彩人生从这里起步

1973 年，泉甬出生于河南濮阳范县一个世代务农的普通农家。

濮阳与冀鲁相邻，这一带古称燕赵，历史上多的是"慷慨悲壮之士"。从古代豫让、荆轲、高渐离、张飞，到二十世纪舍身报国的狼牙山五壮士，一个个都是青史留名的英雄。古老的燕赵文化造就了这一方百姓任侠重义的精神，并使得这一带乡土延续着数千年的尚武之风。泉甬便是在这样的环境里长大。他八岁跟着叔叔练武，一心梦想将来侠行天下，为老百姓除暴安良。眼看功夫日日长进，方圆数里几无敌手，这使得他从武的信心更为坚定。

为了进一步提高技艺，泉甬初中没毕业就入进郑州的黄河武馆，拜任汉祥为师。

任汉祥是一名武林宿耆，18 岁就在河南十三县武术赛上一举成名，获武士称号。抗战期间，日寇疯狂扫荡中原，任汉祥凭借一身超凡的武艺几次死里逃生。新中国成立后，他连续三年夺得郑州市及河南省次重量级摔跤冠军，并出任河南省摔跤队队长。1984 年，任汉祥建起黄河武馆，培养出一大批武林精英，在 1989 年的全国首届防卫技击武术散打精英大赛上，他的弟子一连夺得 7 个项目中的 5 个冠军，任汉祥因此被誉为"河南散打第一功臣"。

泉甬慕名投任汉祥门下。任汉祥以他丰富的教学经验，一眼看出这个新来的徒弟是个可造就的人才，但又发现这个徒弟少年气盛有点儿傲，决定好钢使用重锤敲，先不动声色，将他安排在二班，即基本功班。

河南武馆根据学生不同的特点分为小班、基本功班、散打班、集训班等，以便于因材施教，挖掘每个人身上的潜力。泉甬因为有点基础，就让他跳过小班，进入基本功班。泉甬经过一段时间的学习后，任汉祥见时机已到，决定实施对他的"特殊教育"。

那是学馆定期举行的擂台赛，目的是提高学员的实战技能。任汉祥从小班里挑了一个小个子学员与泉甬对擂。泉甬看不起这个学弟，又急于在大家面前露一手，当场要求换一个对手。任汉祥微微一笑说，你把他打下来再说。

泉甫急于将小个子搞定，就先发制人上去给他一个重拳。哪知道小个子轻轻一闪，回身一掌就把泉甫打了个眼冒金星，并让他再无还手之力。泉甫狼狈不堪败下阵来，顿觉得受了奇耻大辱，回到宿舍放声大哭。任汉祥这时候过来对他说，你过去虽然学了不少，但都是花拳绣腿，不实用的。但你自身条件好，有发展的潜力。不要气馁，这世上没有无缘无故的成功，只有埋头努力勤学苦练，你才会有出息。

正如任汉祥的预期，挫折变成了泉甫的动力，他成了学馆里最用功的学生。俗话说学艺不学武，学武最辛苦，需冬练三九，夏练三伏，起早贪黑，偷不得一点懒。而泉甫主动给自己加课，比别人更苦。他白天热身，登爬海拔300多米的邙山，一个来回20多分钟。别人跑三趟四趟，他常常一口气跑八趟十趟。夜晚十二点，别人已经入睡，而他继续练，并且风雨无阻。泉甫除了苦练，还进行巧练，那就是拳、脚、摔、打、踢五功结合，以达到避敌之长、攻敌之短、以巧取胜的目的。功夫不负有心人，在任汉祥的悉心指导下，泉甫的武功显著提高，第二年很快出成绩，在省内外几次擂台赛上获得多项冠军，成为河南武术界冉冉上升的一颗新星。毕业后泉甫留校当了一名武术教练，那年他才15岁。

泉甫继续奋斗，努力上进，赛场上不断出成绩，名气也越来越大。1994年，泉甫21岁时，决定自己开办武术学校收徒授课。同时还开了一家商店，以经营建筑材料，这一项收益不仅使他生活无忧，也使他能将更多的精力和物力投入到武术事业中去。

他的人生之路正步步走高，前景布满着美丽的光环，却冷不防一个灾祸自天而降，将他打入黑暗的深渊。

遭遇骗局

泉甫有个发小，不是一般的朋友，有一天跑来说因为做生意破产，欠下一笔巨债一时无法偿还，希望泉甫伸出援手帮他一把。泉甫见他实在可怜，出于行侠仗义的本性，加上对朋友的充分信任，便倾其所有，将自己的钱全借给了他。哪知道这朋友一去便杳如黄鹤，从此不见踪影。

　　这一下泉甬可就惨了，学校办不下去了，建材商店也只好关门大吉，连交往七年的女友也离他而去，正所谓倾家荡产，落魄到了极点。而更大的打击是在精神上，因为骗他的不是别人，是从小一起长大、知根知底的好兄弟。这让泉甬陷入极度痛苦之中，甚至产生了严重的信仰危机。

　　但泉甬毕竟是一条铮铮铁汉，如同当年的擂台之败，挫折不仅没有让他倒下，而使他更为坚强。他痛定思痛，韬晦数年，阅读了大量中外典籍，从中获得精神力量，终于战胜一切重新起步。

　　泉甬曾经用一首诗描述了他的这一段人生历程。

飞翔

青春种下我的梦想

年轻的我开始学飞翔

在学习的路上

需要坚持　坚强

飞翔

沿途的美景让我迷失方向

背着梦想茫然于青春路上

羞涩的青春　我曾经彷徨

飞翔

青春的路上伤了翅膀

万念俱灰的我在疗伤

这个过程虽然有点漫长

我依然相信　心中的梦想

飞翔

开启智慧的宝藏

书海里我找到了梦想的方向

迷上阅读

丰满我的翅膀

今天我又要在天上飞翔

若干年后，当泉甬带着淡淡的忧思，回顾人生路上的这一次挫折，并带着欣慰重新展翅之际，他的思想正在升华，人格也正在重塑。

泉甬这时候谈起他的那位负心朋友，不仅已经没有丝毫的怨恨，反而说，我应该感谢他，是他让我认识了社会，是他激励我克服艰难险阻，重建我的人生目标。可以这么说，他成了我的老师，他从另一个角度教育我，不要去仇恨人，而要去爱人，爱一切人，包括伤害过自己的人。

我们有理由相信，泉甬他那种深沉的博爱不仅来自于书本，来自于真善美的普世价值，也来自于燕赵大地那一方水土，来自于祖先遗传的侠义基因。

我们很快就会看到，泉甬从那几年的反思中所获得的正能量，将作用于他的事业，从而将他的人生推向更为精彩的未来。

"暴走"天下

当年的燕赵大地，正是游侠者的天堂。那些身背长剑的侠士，有的穿行于阡陌战壕，在旷野里踽踽独行；有的出入于城池古堡，游说于列国诸侯之前。他们是当年的社会精英，他们以智慧、勇气、胆略、意志挑战自己的命运，在历史上留下了无数精彩的篇章。

两千多年后的今天，中国又出现了一个特殊群体，叫"暴走族"。他们多为白领，即今天的"士"，是有知识、有品位的一代社会中坚。由于高强度、快节奏的城市生活让他们感觉乏味，稠密的"水泥森林"也让一些人失去激情和活力，甚至患上"城市忧郁症"。因此他们纷纷"递反"放弃私家车，选择步行上班，于是这种最简单的出行方式便成了时尚。还有人利用假期进行城市间长途步行，被称作"城市暴走族"，更有一些人登山冒险，在考验生命极限之中收获一份快乐。泉甬很快成为"暴走族"中的一员，并凭借自己早年练就的武功，成为一名开山辟路的先锋。

泉甬带领他的伙伴们曾经攀登西安太白山。那是秦岭山脉的中段，主峰海拔 3600 多米，是辽阔的中国东半壁最高的一座名山。李白曾经形容其"直出浮云间,举手可近月"。为了锻炼意志和勇气,泉甫他们身背行囊,绕开大道,只走野路,一行人手持大砍刀,一路披荆斩棘而行。夜里则摆开帐篷,在林涛与狼嚎声中入睡。这次登山之行让泉甫感觉自己走进了大自然神秘的深处,感悟到了宇宙与人生的又一种真谛。

泉甫与他的伙伴们也曾经穿越敦煌,徒步于浩瀚的沙漠。他们走沙丘,越沙山,有的山峰陡峭,势如刀刃;有的状若羽毛,显示出一种特别的妩媚。当狂风起时,沙山会发出恐怖的巨响,当轻风吹拂,又传来悦耳的丝竹。徒步沙漠的几天里,泉甫的感觉大起大落,忽艰苦如地狱,忽壮美如天堂。但是无论苦乐悲喜,带给他的总是积极向上的精神和对生活的无比热爱,他在一首诗里写道:

在路上
我是快乐的行者
背着梦想上路
收获的是美景
还有坚定的信念

在路上
我看到的只有目标
执着的前行
沐浴天地的光辉
不要停步
梦想就在前方

诗意中的人生

泉甫从小就爱诗,并且写诗。没有人教他,或许来自他对生活灵敏的触觉,或许也来自先祖留在他血液里的基因。我们回看历史,燕赵侠士,多的是能歌会诗的高手。诗是写出来的歌,歌是唱出来的诗。当年易水河边,高渐离击筑,荆轲和而歌,这一对黄金搭档,铸就了中国历史上最著名的一场演唱会。

一曲"风萧萧兮易水寒，壮士一去兮不复还"，既是那个时代的劲歌，成为中国音乐史上的千古经典。

荆轲生于卫，就是今天的濮阳。两千多年后，作为荆轲的同乡，泉甬也带着一身侠气，一边品酒，一边作诗，酒香盈屋，诗如泉涌。仅2013年，就创作诗歌479首，分别集结题名《精彩》《奔放的青春》《教我如何不爱她》《心路》，为我国的诗歌文化增添了许多光彩，也给爱诗的朋友带来了精神盛筵。

泉甬的诗完全出于真实的内心感受，既带着时尚，也带着祖先的豪迈遗风，不做作、不矫饰、平直易懂，朗朗上口，信手取一首，便可击筑而歌。

泉甬的诗内容充实，时代感强，具有很强的现实意义。北京诗人李晓华对此盛赞道："这些诗作是我们这个时代的产物，体现了个人艺术美与时代精神美。这些诗作真实地反映了改革大潮中所涌现出来的可歌可泣的新人新事，极具可读性。"

李晓华还说："繁杂的商务生活，没有磨灭泉甬对诗歌的酷爱和追求。多年来，他一面尽心尽力地经商，一面潜心执着对诗歌的创作，为我们呈现出丰满而美好的诗篇，泉甬诗作起点很高，他用自己亲眼所见，亲历所为，来高度集中地反映现实生活，抒情言志，展望未来。他有很好的文学修养和知识积累，诗歌里饱含着丰富的想象力和浓厚的情感抒发，因此时常有美妙精辟的诗句闪现出来，让人兴奋不已，铭记在心，充分表现出这个时代的精神风貌。"

泉甬诗作不仅节奏感强，语言精练，视野独特。更重要的是他有着深厚的生活基础，因此使得诗作颇具艺术感染力！很容易与读者产生共鸣。泉甬诗作的思想深度、写作技巧、艺术感染力等多方面都称得上是技高一筹。他的写作风格和写作技巧，更是丰富多彩。写作条理清晰、自然朴实、豪迈酣畅、热情奔放，犹如一杯醇香的美酒，令人陶醉！

我们纵观泉甬40年的人生，可以用10个字来概括：诗中带酒香，任侠行天下。我们期待着泉甬捧出更多的诗，为社会创造更多的物质财富和精神财富！

文／鲁达｜《中国酒》杂志主编

目录

1/ 花的海洋

2/ 影子

4/ 打开心灵的窗

6/ 相约在这里

8/ 赏月

9/ 春舞

10/ 喜欢春天的风

12/ 奔驰在路上

14/ 小桥流水百花盛开

15/ 春暖花开

16/ 加油，成功离我们很近

17/ 微笑是心灵的阳光

18/ 喜欢你 春天的风

19/ 父亲

21/ 母亲

22/ 我知道你在等我

23/ 玫瑰花笑了

24/ 一棵树的心声

26/ 心河

26/ 是你闯进了我的视线

27/ 想你的夜晚

28/ 在夜里

29/ 我的天山

31/ 天降甘露

32/ 黑夜

33/ 星空

34/ 相遇是前世许下的愿

36/ 想

37/ 浪花

38/ 飘飘洒洒

39/ 春动

40/ 相逢在哪里

42/ 诗趣

43/ 启程

44/ 快乐

46/ 樱桃熟了

47/ 海南

48/ 美在今朝

49/ 想你的夜晚

50/ 今天下起了雨

51/ 春夜

52/ 心和世界

54/ 笑脸

55/ 优美的旋律

56/ 境

58/ 行动是无坚不摧的力量

59/ 浪花

61/ 不再忧伤

63/ 最美的微笑

64/ 向幸福出发

65/ 心动的凝视

67/ 生活在这里好快乐

69/ 飞翔在蓝天白云之间

71/ 在快乐中生活

72/ 紫砂壶里的人生

73/ 穿透心灵的目光

74/ 你温柔的目光好期盼

75/ 牵手浪漫的爱情散步

76/ 你说的爱哪里去了

77/ 梦里飞翔

78/ 心海

79/ 第一场雪

80/ 多么美丽浪漫的爱

81/ 春天就要来了

82/ 雪中的月季花

84/ 时光

86/ 爱的温暖

88/ 在哪里见过你

89/ 穿越

90/ 心雨

91/ 北国的冬天

92/ 无欲则刚

93/ 冬季的温暖

94/ 拥抱使命活在当下最美丽

95/ 可以回放的记忆

96/ 美如诗画

97/ 是谁闯进了我的视线

99/ 在自由的天空翱翔

100/ 因为爱情我愿意

102/ 爱在心里

103/ 享受这份宁静

104/ 听海

106/ 想你的夜晚

107/ 放手

108/ 香山的红叶

109/ 感之语

110/ 冬之感

112/ 爱的光辉

113/ 青春

114/ 幸福永远

115/ 恋

116/ 诗歌

117/ 爱的天空

119/ 心中太阳

120/ 一滴水

121/ 缘

123/ 爱的盛开

125/ 心中的梦

127/ 相遇

129/ 相逢在梦里

130/ 心海

131/ 念想

132/ 想你

134/ 心莲花为你盛开

136/ 爱之莲

137/ 心动

139/ 爱的点滴

141/ 星空

142/ 心路

143/ 上善若水

144/ 烛光杯影

146/ 浪漫之夜

148/ 今天

150/ 美丽世界

152/ 热情的夏天

154/ 那一天

155/ 心里的世界

157/ 美丽的乡村

159/ 信心

160/ 爱情鸟

162/ 君子兰

164/ 心声

166/ 花儿

167/ 爱如骄阳

168/ 梦吧

170/ 心灵的沟通

171/ 你

173/ 秋天的歌

175/ 远去的背影

176/ 尽情歌唱

178/ 茫茫的草原

180/ 大草原放飞梦想

182/ 热爱的情怀

183/ 爱情之花

185/ 在路上

187/ 我渴望

189/ 奶奶　我们爱您

191/ 秋天的黄叶

193/ 缘分情意

194/ 爱情的距离

195/ 念想

196/ 轻轻的风

197/ 窗外的小雨

198/ 微笑的魅力

199/ 轻轻　我来了

200/ 心中的太阳

201/ 生命

202/ 忠诚

204/ 留恋

205/ 大自然的魅力

姜泉甬诗集

207/ 太白山的早晨

209/ 太行山

210/ 蒙蒙细雨

211/ 年轻的心

212/ 希望的田野

213/ 山水情意

214/ 思念

215/ 观海

216/ 北戴河

217/ 等待

218/ 夜雨

220/ 湖水

222/ 思念

224/ 春天

225/ 春夜

226/ 距离

227/ 感慨

229/ 今天

230/ 旅途

231/ 心灯

232/ 自然的力量

233/ 感悟

234/ 春天

235/ 情缘

236/ 我知

237/ 熟悉的气息

238/ 因为有你

239/ 牵手

240/ 幸福永远

241/ 雨后的夜

242/ 云水禅心

花的海洋

坐落在河南内黄万亩桃园
在四月
这是花的海洋

一朵朵
有的含苞欲放
有的已经盛开

置身于花的世界
我忘却了
我忘却了所有

那朵朵的花儿
美丽的笑脸
占满了枝头

忍不住对每朵花的留恋
忍不住心神荡漾

微笑着　这是世外桃源吗
你匆匆的行色
突如其来　而又要匆匆地离去

思念　有过思念
亦繁盛万万千千
幸福着　感悟你的存在

影子

高铁划过时空
呼啸着
奔驰在青春的季节里

四月的天空
浪漫正盛

田野的花草　庄稼
在微风中载歌载舞

天空的白云在徜徉
远处三三两两的鸟儿在歌唱

目击远方视野开朗
心绪随风飘动

想起了你
想
花开的季节

你说
你喜欢旷野

喜欢自然的美景
相思如风

可如今
依然也是青春的岁月

微风依旧送来花草的气息
远处　远处只有你的影子

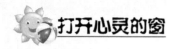 打开心灵的窗

打开心灵的窗
自由去翱翔

蓝天上　白云飘飘
飞向我的梦想

打开心灵的窗
我看到了希望在向我招手

在前方　在不远的前方
阔步前行

打开心灵的窗
阳光万丈

一路美景　一路花香
收藏在我的行囊

打开心灵的窗
我才知道　我有宽广的胸膛

真善美可以开启智慧的宝藏
让生命之花精彩怒放

打开心灵的窗

我看到了你　我心爱的姑娘

你手捧鲜花等我在路旁
牵着你的手　一起追逐梦想
一起感悟世界的芬芳

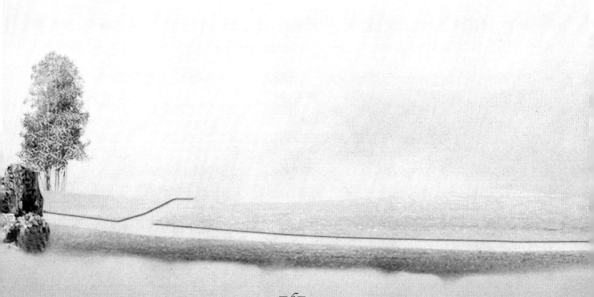

相约在这里

今晚的夜色好美
月挂中天　群星做伴

你在众星捧月中走来
是你　我们相约在今夜相见

深情的相拥
为这一天我们等了好久

微风轻拂　月儿笑了
星星眨着眼睛

这是一个多么浪漫的夜晚
你柔情地在我的耳畔私语

就像那天籁般的音符
荡漾在我温情的世界里

眼前的湖面上
一对鸳鸯在自由嬉戏

你望向它们
又深情地看着我

微烫的小脸贴近我细语

我也要像它们一样和你不分离

微笑挂在脸上　好甜蜜

你的小手玩弄着湖水
道道涟漪随波起伏
诉说着这里发生的爱情故事

也在记录我们的秘密

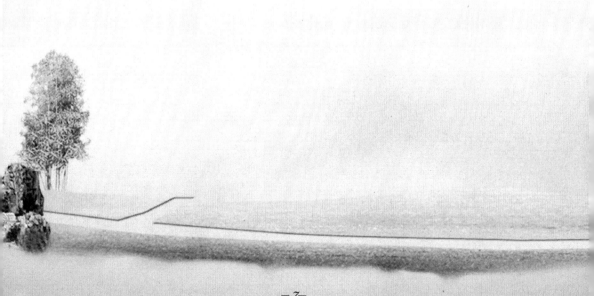

赏月

那天空的星星
就像你美丽的眼睛

望着我
我也看着你　看着你

我有了心事
在这个初春的夜

多想牵着你的小手散步
赏花踏春

笑意盈盈动了我的心
不经意

轻抚你的满头秀发
陶醉在你的青春气息里

难以掩饰的微笑
动了情　动了心

春舞

春天的微风
和暖暖的阳光
是这个季节浪漫的心动

微笑着
迎风起舞
一路的新绿美了我的心

淡淡的花草香把我包围
万里碧空
我奔跑着　歌唱

放眼望去　朵朵笑脸
那是希望
万物在欢呼

我喜欢春天
因为我们在春天相恋
也相爱在春天

 喜欢春天的风

喜欢春天的风
四月的午后
阳光暖暖地照耀

微风轻拂
这是我长久的向往

喜欢春天的风
流动的是一阵阵心的寄语
深情地欣赏近处远处的片片新绿

心的悸动
那是你飘过的倩影

喜欢春天的风
这是我梦的栖息地
笔下的诗歌倾诉爱恋

万般思念
难以诉尽衷肠

喜欢春天的风
眼前油菜花的海洋
为大地铺上金毯

风中此起彼伏
冲刺着我念想的感官

喜欢春天的风
心已荡漾
我真挚的情怀

是风中浪漫的云霞
自由地翱翔在天空

 **奔驰在路上**

春天的早晨
阳光是那么的妩媚

打开车窗
沐浴着温柔的光线
和着呼啸的风

万里无云
这四月的天

路边油菜花开了
在春风中荡漾的金海
那是蜜蜂和蝴蝶的乐园

一路的秀美景色
是这片中原大地上特有的美丽

蜂儿　蝶儿顽皮地追逐着
时而静下来采蜜
被这自然的景观陶醉着

油菜花的世界里
三三两两的摄影爱好者在这里驻足沉迷

一对对牵手的恋人也醉在这里

淘气的小孩手捧油菜花
欢呼着挥洒在小路上

微笑着　花儿微笑着
绽放在中华大地
在这四月的天空里

一只雄鹰在花海的上空盘旋着
傲视天下雄姿
写满深情　写满爱意

小桥流水百花盛开

午后坐在黄龙溪古镇的小河边
静静的
可以听到心跳

轻轻地端起茶杯
淡淡的茶香伴着花草香
诱发我吟诗的狂想

眼前小河里哗哗的水声
冲击着河边的小草

就像天籁的音符
把我围绕
丰富着我的浪漫思绪

伴着黄昏的浸泡
夕阳西下

微风吹过小河边的两行垂柳
在空中自由地起舞
微笑着　这自然的风光

 春暖花开

一天 一天 又一天
每天我都在期盼

希望你在我的视线
永远

一箭之隔
犹如海与天

爱在心里涌动
爱恋

默默想念一遍 又一遍
你的美丽容颜

是我心中的仙女起舞在天边
陶醉

静静享受
如期而至的春天
鲜花开满房前
浪漫

翩翩而至
望着你 世界上最美的花
你是我的阳光
温暖

加油，成功离我们很近

加油　成功离我们很近
成功的路上并不拥挤
因为坚持下来的人不多

在这条宽广的道路上
我享受一路的美景和鸟语花香

加油　成功离我们很近
我们正年轻
我们是刚升起的太阳

亲吻每一朵云
在这里健康成长

加油　成功离我们很近
脚下的路虽然坑坑洼洼
我们的目光是远方

让四季风雨伴着我们走向辉煌
成功就在不远的地方

微笑是心灵的阳光

微笑是心灵的阳光
因为有你　我从不悲伤

微笑着看日出
微笑着送走夕阳

微笑是心灵的阳光
就像春天的微风

为大地穿上新装
又像是你在我的耳边说着情话
陪伴在我的每个白天和晚上

喜欢你　春天的风

喜欢你　春天的风
也许这是我对春天的眷恋

我喜欢看着星星
沐浴微风拂面的感觉和缠绵

喜欢你　春天的风
喜欢你吹乱我的长发

喜欢你亲吻我的脸庞
喜欢你　伴我白天和晚霞

喜欢你　春天的风
那是我浪漫的记忆

因为我在春天和你相识
也是在春天相爱

喜欢你　春天的风
轻盈而温柔

爱了　爱了
在我身边四处弥漫

父亲

父亲
您是我心中的山
您是我心中的英雄

您无所不能　把世界改变
您挑起全家重担
给我一片自由的蓝天

今天是父亲节
我却没有陪伴在您的身边
心里充满愧疚

双手合十
我默默地在心里祝愿
您的健康长寿是我们心愿

父亲
天地之间您的奉献
把世界改变

生活中　奋斗中
不论多少苦与难
您都一往无前

多少艰辛的汗水
多少次湿透您的衣衫

我爱您父亲　您是我心中的天

父亲
日月轮回　您默默奉献
在儿女的教育上您孜孜不倦
辛劳千百遍

岁月在您的脸上把皱纹添
还有满头的白发　让我好心酸

儿女们都长大　东西南北渐行渐远
一年有多少次可以陪伴您
又有多少天　屈指可算
您从不抱怨　总是挂念

我爱您父亲　感恩您的无私奉献

母亲

多少个日日夜夜想您
母亲
我想回家

看着您微笑
母亲
那是世界上最美的花

三十个春秋
母亲
您是我心中最耀眼的太阳

我从不惧怕
母亲
您伴我勇走海角天涯

我爱您
母亲
您是举世无双的美人

我爱您
母亲
您从心底爱我们的家

努力工作
母亲
是我爱您最好的表达

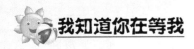 **我知道你在等我**

我知道你在等我
知道你等我

从日出到日落
望眼欲穿

期盼我蹚过时间的河
来到你的身边
笑看花开花落

我知道你在等我
感觉有你是多么美

我可以闲的时候想你
可以为你写诗歌

工作忙碌后
我喜欢这种感觉
等着我　等着我　等着我

很快我会趟过时间的河
陪你走过四季
看春暖花开日出日落

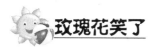 **玫瑰花笑了**

玫瑰花笑了
你的眼睛是那西湖荡漾的水

难忘的往事
从柔唇里流淌出动心的天籁
在春雨的滋润下越发美丽

美丽的玫瑰　笑了
皎洁的月色

沐浴你纯洁的花瓣
我情不自禁　轻吻你的额头
还有你的满头秀发

美丽的玫瑰　笑了
这笑声是动人心弦的音符

看着你　看着你　看着你
我忘记呼吸
温柔的风　伴着迷人的你

美丽的玫瑰　笑了
最美的微笑

是千年的蓄锐
清香　在空气中缭绕
相约　相遇在今生今世里

一棵树的心声

我一直在想
如果生命有来生

我要做一棵树

顶天立地
没有悲欢离合

一半在土里吸收能量
一半在空中茁壮成长

沐浴着日月的光辉
成为你生命的伞

心河

夕阳慢慢走了
天边留下一片晚霞

还有潺潺的流水
在心河缓缓前行

淡淡的花草香
弥漫在月光下的星空里

微风轻拂
含笑的脸上透着迷人的光彩

往事涌上心头
曾经飞舞的双蝶
淹没在蓉城的夜里

你那迷人的笑脸
在记忆的长河里永驻
相逢在春天

让念想化作满天的星雨
撒满在你的生命里
花儿笑了　春天醉了
那是一朵盛开在春天里的爱情花

是你闯进了我的视线

是你闯进了我的视线
拨动了我的情弦
一往情深　亘古不变

是你闯进了我的视线
默默地付出　释放温暖
一天　一天用心陪伴

是你闯进我的视线
灼灼热烈的双眸燃烧情缘
温柔的情话缠绕耳畔

是你闯进我的视线
穿过千山万水
爱波恋恋

是你闯进我的视线
纵使寒冷的狂风
也吹不散我们的爱恋

是你闯进我的视线
花前月下享受浪漫
让爱情之花长开人间

是你闯进我的视线
我的爱情　我可爱的姑娘
我的爱恋　暖如春天

 **想你的夜晚**

想你的夜晚
我又坐在窗前
轻轻打开窗儿
沉思在桌前

想你的夜晚
看着满天的星星
诉说思念
让星儿送上我的期盼

想你的夜晚
我有点孤单
多么期盼你就在眼前
拥抱你　我只能梦幻

想你的夜晚
黑夜是多么的漫长
我孤枕难眠
闭上双眼飞到你的面前

 **在夜里**

在夜里屹立窗前
我看着天宫的明月
还有那满天星
光阴的时速在穿越

昼与夜的交点
我站在这儿　时而也站在那儿
黑夜的尽头
是光明的开始

那一点点　一滴滴凝聚的
是可以燎原的星火
缓缓前行沐浴日月星辰的光辉

告别羞涩
留下昨天的记忆
雄起　迎接明天的朝阳

 我的天山

　　记起　没有见面
　　就好熟悉
　　恩爱的话语不多
　　就是甜蜜

　　那一个个夜
　有你的陪伴我创造奇迹

　　记起　一次次
　　见　不见
　　这是不是分离
　　爱在心里

　　那刻骨铭心的记忆
　　吟诗放歌在夜里

　　记起　那天好大的雨
　　可天上有太阳
　　雨如泉涌
　　淋湿我的名字

　　一如那春天的冰雪
　　凉暖不计

　　记起　天下起雨
　　有了心动

有了花儿
我花一样的青春

你在哪里
在寻觅天女散花你的名字

记起　到了冬季
我向往天山
分不清是天　是地
雪　洁白无瑕

记起　在梦里
和你在一起　不想分离

 天降甘露

密密地斜织着
飘飘洒洒
在这个多雨的季节
在这个飘雨的夜

一阵风吹过
带来狂热的情
这是我渴望很久的期盼

多少个梦里
我和你浪漫地相逢
那长长的思念
是前世的缘

记起　记起
那也是一个飘雨的夜里
和你缠绵
古厦千间　吟诗作画

我们相许在今生的今夜相聚
重续前缘　在这个夜里

黑夜

漆黑的夜
黑到伸手不见五指

离你很近
近得可以听到你的心跳
可感觉不到你的气息

夜好黑
黑了不知多久的夜里

还有我怀里飘荡的空气
今天在这里
明天又会在哪里

奔波着
我相信用不了多久
太阳会赶走夜的黑

星空

夜已来临
大草原的蒙古包

脚下的小草
还有这满天的星空

一轮明月
是这里独有的美丽

月光倾洒大地
微风轻拂

露珠在草叶上静想
这别样的景致

在一望无际的大草原
倾听

那小草的拔节声
犹如天籁的旋律在耳畔

相遇是前世许下的愿

相遇是前世许下的愿
记不起是五百年还是一千年

今生今世相约在这里相见
继续演绎那场纯情的绝恋

在那不经意的一瞬间
眼前金光一闪

好靓丽的一朵花
你美丽的容颜出现在眼前

相遇是前世许下的愿
对视的那一秒我知道是你出现

我做出了今生最温馨的决定
和你牵手走过春夏秋冬

守候爱情今生最美的永恒
笑看花开花落　比翼双飞翱翔蓝天
这是我们的生活　不会改变

相遇是前世许下的愿
让那心中的念想跨过渴望的边缘

在阳光下透过每个间隙的空间

把心头的爱恋滋长蔓延

爱了　因为爱情暖如春天
海角天涯永远不会放下的惦念
从相见的那一刻似乎想念就在心间

相遇是前世许下的愿
见到你后我才真的相信姻缘

思念是剪不断的光线
把那些相识的断点串连成相守的平凡

终于修成正果　相遇把时间相连
两颗火热的心有了归宿
前世的缘是今生的情　双手紧握今天的暖

想

我想你了
每天我都会想你

我快乐的时候想你
累了的时候也会想你

想你

我想念家乡的风
想念田间的小路

自从和你相遇
又多了想你

一缕轻风吹过
夜幕降临

我多想可以和你一起
看日出东方

浪花

黑夜来临的时候
是什么挡住了星光

又是什么遮住了月亮
海边的夜空

一片汪洋
只能听见浪涛的狂啸

远处的灯火
在海中飘荡

带着黑夜的神秘
我看到了你

在海的怀抱中升华
她本是美丽的　浪漫的

深情之花
席卷而来　掠过我的思绪

永不言败的浪花

 飘飘洒洒

飘飘洒洒
她来了

我呀　我喜欢她
密密麻麻

吻着我的脸和我的肌肤
还有我的头发

春天的雨
下吧　下吧　下吧

万物在为你欢呼
你到哪里

哪里就会发芽
哪里就会开花

下吧　下吧　下吧
我把你迎来
也会送你回家

看着你洒脱地离去
留下一片彩虹在天涯

春动

清晨醒来
不是我的眼睛
而是我欢快愉悦的心

春天里
那处处美丽的绿茵和鲜花
散发着淡淡的清香

徜徉在阳光下
思绪在飞舞

我那激情燃烧的青春
是这世界上最美的音符

缠绕在我的耳畔
那是心底的歌

在蓝天中吟唱
与宇宙共鸣

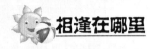 **相逢在哪里**

不知不觉
春天来了

远方
大地绿了
花儿也开了

那繁华的世界如此耀眼
神采奕奕　万紫千红

岁月中那淡淡的素颜
重燃光彩

年少轻狂的豪迈
我用一生的风华追逐

等待重逢
等待你

三千年的芳华
只为那一场浅浅的邂逅

留一世眷恋
在心海

与你牵手前行
风霜与共

共度此生浪漫的旅程
相逢在春天

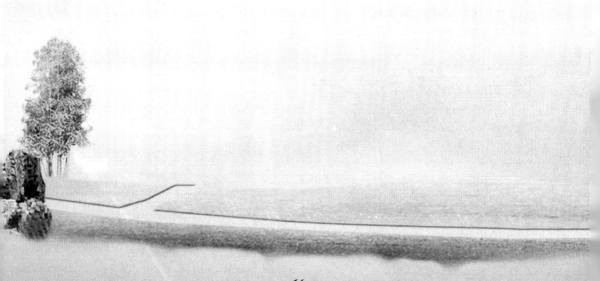

 **诗趣**

吟诗
作画
赏花
不想入梦

少年弄武
雄壮体魄作英雄

他日有了吟诗豪情
从头越
唐诗宋词

有古有今生
三十载春夏秋冬

何去何从
雄起

多少个日日夜夜
闻鸡起舞
迎天明

启程

当出发的号角在心里响起
你准备好了吗

是现在启程
还是在犹豫

每一次的出发
也是每一次的别离

轻装上阵
把所有的所有放在心底

我喜欢自由的空气
还有那每一处的美丽

坚强的步伐踏遍华夏每一寸土地
这里　那里都有我的气息

在万卷书和万里路上创造奇迹
我来了　更精彩

快乐

我要你快乐
永如初恋

因为前世相约
我们在今生相恋

遇上你重续前缘
如果今生不曾与你相遇

我不知道我会这样把一个人思念
你的出现让我的生活开始浪漫

如果今生不曾与你相遇
我不知道还有这样一种情感

一个凝眸可以永远
任岁月流逝　任时序轮转

我的心只为你改变
为你写下卿卿我我浪漫诗篇

在茫茫宇宙里
我看见一双温暖的眼

那是我梦中多次的恋
地老天荒对你的爱一如从前

我愿和你将流年望穿
生生世世千年万年永如初恋

 樱桃熟了

樱桃熟了
红红的果子
颗颗诱惑着我的心

玲珑剔透的微笑
妖娆馋人

琥珀般的晶莹
成熟而精美
陶醉了我的眼帘

在微风的阳光里轻盈飘逸
开启心中那份期盼很久的爱恋

心意和你相融
感受着你自然的呼吸

心中的美景在这里
望着你喜人的小樱桃

你像那天边燃烧的云
浓墨重彩把这里渲染

为自然绘出一幅绝美的画
美得让人窒息

海南

我喜欢大海
这是我一直渴望生活的地方

好多次我在这里驻足
海边是我梦中常来的地方

心中的那个碧海蓝天
阳光下波涛汹涌

海面上成群的海鸥
在追逐　在嬉戏

潮起潮落的海面上
承载了多少喜怒哀乐

这个未知的世界
依然是一幅美而壮观的画

海边散步犹如在空中白云之上
任自由的思绪去徜徉

把藏在心里的一点忧伤释放
大海的胸怀是我的榜样

美在今朝

列车奔驰在回京的路上
极目远望　空中的彩云飘飘

过去的都已过去了
我们追不上时光

梦想在一天天改变
努力工作着享受当下的美好阳光

思绪万千追逐着前行的脚步
那最美的风景在前方

云霞伴着雄鹰漫天飞舞
热爱生活是我真实的心声

在今朝英雄豪杰善舞
在今朝吟诗作画放歌长空

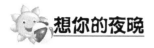 **想你的夜晚**

夜幕来临　红酒相伴
在每一个想你的夜晚

思绪在空气中缭绕
就像你美丽的容颜在我眼前

就这样想你
似乎已经演变成一种习惯

想着你的双眸
诗歌中多是对你的思念

听我用尽一生的纯真向你低诉
借助文字默默静守在你身边

思念之情千言万言
就让这无法言诉的思念随风飘散

飘洒到你的上空
我祈愿　我祈愿

一片　就一片落到你的唇间
那是我的深吻伴你甜蜜入眠

今天下起了雨

今天下起了雨
漫步在花间的小路

我喜欢雨
密密麻麻淋湿了我的心

今天下起了雨
这雨让我想起你

往事随风飘来一声叹息
你还是那么美丽

今天下起了雨
不论你在哪里我从未忘记

曾经的风风雨雨
飘零在岁月时光里

今天下起了雨
你是否也把我想起

我在这里等你
我们一起去淋雨

春夜

你走了
是为了明天的再来

黑夜降临
都市的灯火和霓虹在闪耀

走在蒙蒙的细雨里
诗歌的音符涌上心头

我有了吟诗的狂想
昆明的湖边湿地

声声的蛙叫虫鸣打破了夜的寂静
细细的小雨沐浴着我的梦

这美丽的夜色
是这个城市　这片湖边的湿地

最迷人的诠释
沉醉在这里　我要歌唱

 心和世界

人的心很小
世界很大

很小的心在很大的世界里
该何去何从

用什么方式前行
长长的路

凝固在地球的背上
未来在何方

喧哗的都市我已厌倦
我向往自由自在的天空

如果不能在阳光下放肆地伸展
那就让我　让我

在大草原的绿草地上安然入睡
静静的　静静的

如果美丽需要幻想
那我就在自由的空间里徜徉

一杯红酒伴着歌唱
如果爱情需要伪装

那我就去梦里寻找理想
心很小　却大过世界

笑脸

笑脸
阳光下一张张微笑的脸

那是美丽的花
绽放在青春的岁月里

都开了
万紫千红招蜂引蝶

热烈地拥抱着
迎来日出　送走夕阳

我热情的火焰
燃烧着你

我的爱情
清风明月伴着浪漫

温暖我的胸膛
我拉着你的手

因为我是为你而来
微笑到地老天荒

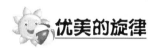 优美的旋律

优美的旋律
轻轻地环绕在我的耳畔

就像太阳在心里升起
阳光雨露下的美丽

多情深情的我
享受天生丽质
还有你浪漫的气息

优美的旋律
雨后的彩虹美丽了天际

春天的百花娇艳　都没你美丽
我听到了你天籁的歌声

那是旷野凡尘的音符
伴随精彩　我心旷神怡

优美的旋律
和着生活的节奏

漫漫起舞
倾诉着心中的梦

诗音在华夏大地响起
和谁长舞
在心路的春天

境

最宽广的不是宇宙
是人心

最美好的不是未来
是今天

行走在天地间
烈日当空　万里无云

我奔跑在旷野
极目远处
那是一望无际的草原

猛然抬头
我看见自己
屹立在天地之间

这里没有人群
也没有车水马龙
一切都是那么自然和谐

我喜欢这里
曾经多少个梦里
我在此驻足

那豪迈的情怀

那牧马的汉子
还有那放歌草原的姑娘

天籁的音符在我耳边缠绕
我拥抱着世界
行走在天地之间

行动是无坚不摧的力量

行动是无坚不摧的力量
沿着梦想奋斗在通向成功的路上

一路前行飘洒汗水
满腔热血　激情高昂
爱是我生命不息的源泉

行动是无坚不摧的力量
勤劳是我的天赋

我把爱的种子种在肥沃的大地
春雨浇灌
沐浴着日月光辉成长

行动是无坚不摧的力量
冲破世俗的道道禁锢

广阔的天地
是我的希望战场
世界为我们欢呼　呐喊　歌唱

行动是无坚不摧的力量
我爱您中国　我的家乡

五星红旗在世界飘扬
让爱无处不在
开满鲜花散发清香是我的梦想

浪花

烈火燃烧的夏日下班了
夜幕降临

此时的晚风少了热意
我喜欢晚上散步

这已是很多年的习惯了
吹着风
伴着这北京少有的星空

今晚的月色很美
花园里的花儿

迎风起舞
我着迷地看着她们

那优美的音符在耳边缠绕
我仿佛来到了蟠桃园
从天而降的甘露轻轻飘落　　没有凋零

夜色下
百花齐放　万紫千红

日月的轮回
才让这世界和人生有了意义

你说这世界上没有永不凋谢的花
我说有
我送过你的浪花

我笑了
你也笑了
才有了刻骨铭心的记忆

 **不再忧伤**

不再忧伤
因为我的心中有了太阳

那昨日的过往
我已经遗忘

不再忧伤
回头望望

你的背影已经消失
看到的是太阳

不再忧伤
感觉你依然美丽

我学会欣赏
鲜花开满　大地宽广

不再忧伤
岁月苍茫　甜蜜的记忆

一浪　一浪
微笑着回放

不再忧伤

回头望望

眼中的柔情
像那燃烧的光芒
我把真情收藏

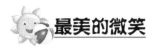 最美的微笑

我清晰地记得
一次次
陶醉在你的微笑里

那一汪深情的笑
像花香弥漫般荡漾在我的心头

激起时光的点点多情涟漪
是心头绽开的明媚花朵

最美的微笑
我一次次感动着

时时欣喜
又像是飘荡在我耳边的音符

在淡淡的相思中
刻画那最温情的风景
陶醉着

在我狂野的青春里
不再奢望有更诱人的邂逅

只愿在那温柔的阳光里
和你相遇

与你携手百年
在浪漫的岁月里欣赏春暖花开

向幸福出发

慢慢向你靠近
我迈出轻快的步伐

走吧　通向你在的家
那是我的天堂　幸福当下

向幸福出发
坚定的脚步目视前方

心里只有你
听到你在欢呼　来吧

向幸福出发
脚下的道路虽有坑坑洼洼

健步如飞
用温暖怀抱让你一生依靠

向幸福出发
天南海北　春秋冬夏

因为有你　我心中之花
爱上你我开始吟诗作画

 **心动的凝视**

不知何时
忘记在何地

在梦里那个心动的凝视
一次次震撼着

我渴望
震动心灵凝视

为了这一刻的来临
我静静地期许和寻觅

美丽的桂林
青山碧水

放飞我的思绪
轻轻地呼唤你的名字

蓝天白云
挡不住思念

那心醉的凝视
是我夜里的梦

海　海市蜃楼
紧紧抱住你

我要和你一起
拥有春暖花开

拥有夏日骄阳
拥有秋日收获
拥有冬日的黑夜　不再漫长

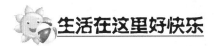 **生活在这里好快乐**

生活在这里好快乐
阳光普照春暖花开

笑迎日升
乐送夕下

我心灵的归属
在自然的怀抱升华

生活在这里好快乐
桂林山水甲天下

朵朵白云开鲜花
拨弄天籁的弦音
神笔写下我心里的话

生活在这里好快乐
你是我心中的美

圣洁的爱
儿时的眷恋

常常在梦里对话
倾诉相思　快乐当下

生活在这里好快乐

自然的甘露孕育她

超越时空翱翔天下
我要把心声向你表达

爱你　爱你　爱你
这是我内心深处想要说的话

飞翔在蓝天白云之间

飞翔在蓝天白云间
一只苍鹰在天空盘旋

优美的舞姿
在白云间若隐若现

好美的景致
拨弄心弦

飞翔在蓝天白云间
随风起伏　波澜壮阔

白云　你的美
遮羞了语言

我该怎么赞美你
奇妙的变幻

飞翔在蓝天白云之间
自然的奇观

好想轻轻亲吻你
又不忍　把你改变
那就让我笔下的诗歌呼唤

飞翔在蓝天白云之间

你掠去了我对美的感观

恰似情人的柔情
轻轻遍耕我的肌肤

用心体会
你的爱和缠绵

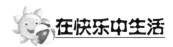 ## 在快乐中生活

我知道
总有一天
我们也会变老

时间掩盖了我的热情
吞噬了我的纯真
收回了我的童趣
但它抹不去我的快乐

我想　我们可以
一生都在恋爱

现在努力工作
中年周游世界

年老的时候一起笑看花开
我想　拥有你
和快乐的一生

紫砂壶里的人生

一把紫砂壶
注入玉龙雪山的水

翻出珍藏多年的普洱
品味人生的真谛

一把紫砂壶
装上三月的新绿

岁月的火炉
燃烧快乐的人生

一把紫砂壶
轻舞手中的茶茗

浪漫的丽江
温暖的阳光多了感动

一把紫砂壶
流畅的一汪春水煮腾

多了诗　多了情
在我人生的杯盏里盛满永恒

穿透心灵的目光

穿透心灵的目光
我看到了你的所想

从有过对视的那天晚上
我就住在你的心房

穿透心灵的目光
把我的爱送上

相约的期盼
可以地老天荒

穿越心灵的目光
点燃爱恋彼此珍藏

即便天各一方也能感到爱的力量
没有距离可以穿越时光

穿越心灵的目光
爱的火焰就像太阳

心灵之美照亮前方
生命之火燃烧爱情温暖胸膛

你温柔的目光好期盼

你温柔的目光
滋润着我的心田

总是在没有你的夜里
我感觉孤单

你温柔的目光
穿越时空

如三月的春天
渐渐温暖

你温柔的目光
是我的期盼

我在想　我在想
什么时候可以和你相拥取暖

你温柔的目光
是我脑海常放的片段

念念不忘
爱你万年

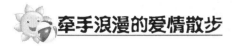 ## 牵手浪漫的爱情散步

那一天夕阳西下我们散步在黄昏
悄悄牵手拉近了两颗心

我们走进恋爱的门
悦耳缠绵的话牵动我的心

那一天我们散步在雨后
天边的彩虹美了我们　驾祥云

牵手浪漫地遨游到夜深
我知道我找到了
我心中的女神

那一天看着百花齐放醉了心
你我相依相偎　爱得深

我终于鼓足勇气说　我爱你
你红红的笑脸开口说
那一定不要变心

那一天我们终于私订终身
那一晚我们的浪漫缠绵心连心

千言万语海誓山盟　相约不离分
让美丽浪漫的爱情之花常开在心门

你说的爱哪里去了

你说你爱蓝天
有蓝天的地方却看不到你

你说你爱旷野
旷野中却没有你的足迹

你说你爱雨
下雨的时候你却撑开了伞

你说你爱大海
海边我听到的只有涛声

你说你爱太阳
太阳下却看不到你的影子

你说你爱月亮
月光下我却是独自散步

你说你爱风
风起的时候你在哪里

你说你爱我
而我感觉到的却是忧伤

 **梦里飞翔**

在梦里飞翔
夜的黑在星光下明亮

天宫撒下的雨露
变成万能的能量
梦中我有一双翅膀

在梦里飞翔
飞过高山　飞过大海　飞过草原
在辽阔的天空自由徜徉

在梦里飞翔
那万紫千红的世界

朵朵鲜花闪烁光芒
美丽的星星在歌唱

吵醒了月宫的嫦娥
这个美丽姑娘

心海

心海
风在呼唤

你听不出来
来自谁的心海

心海
一把爱锁打开

融多少情怀
在你我心中存在

心海
你心意难猜

我心却痴爱
此世多情几载

心海
一片湛蓝

海纳纯净的爱恋
这是天赐的情缘

心海
因为相爱

几许感慨汇作海
无悔此生的等待

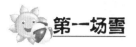 ## 第一场雪

第一场雪
来得晚了点

今天是立春
好美的雪花飘飘洒洒

这是冬雪
还是春雪
如那仙女散下的花

慢慢起舞飘飘洒洒
飞啊　飞啊

天地之间
像是满天的星星

牵手飞舞
眨着眼睛说着悄悄话

慢慢起舞飘飘洒洒
瑞雪天下

大地银装素裹
如那童话世界里的画

美丽的雪夜
就像美丽的浪漫神话

多么美丽浪漫的爱

多么美丽浪漫的爱
生活在阳光下春暖花开
享受自然沐浴柔情醉在爱海

多么美丽浪漫的爱
故乡的亲情纯朴孕育胸怀
每次回到这里都让我心潮澎湃

多么美丽浪漫的爱
父母的真情可比大山可比海
一次次感动着
爱和被爱

多么美丽浪漫的爱
有你我的娇妻

还有我一双可爱的小孩
拥有你们我才知道自己也很可爱

 **春天就要来了**

春天就要来了
淡淡薄雾

我的故乡
熟悉的村庄青烟袅袅

春天就要来了
年后的第一天

记忆的清风
吹动我儿时的篇章

春天就要来了
少年浪漫快乐的时光

在和同伴的叙旧中
捧起一片片朗朗的温暖

春天就要来了
在这万家团圆欢乐的时刻

乍暖还寒的风里
飘来了春天里那淡淡的清香

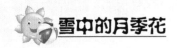 雪中的月季花

雪中的月季花
在漫天飘洒的雪地里

随风浪漫地起舞
银白世界的红黄绿蓝
格外的美丽耀眼

雪中的月季花
她没有因为季节的轮回改变自己

不论春夏秋冬
她以自己的风采迎风弄月
绽放自己独有的魅力

雪中的月季花
升腾起一朵朵娇艳的红

在雪的世界里
她是那么的耀眼
将生命的色彩留在记忆

雪中的月季花
缠绵着世外的桃园雪景

夜空中的点点星亮
默默凝望着冬雪中的月季

有这最美的雪花和你相依

一片片　一片片
散落在飞雪冬季

一朵朵　一朵朵
让银白色的世界更美丽
人间烟火留下了雪儿和月季的故事

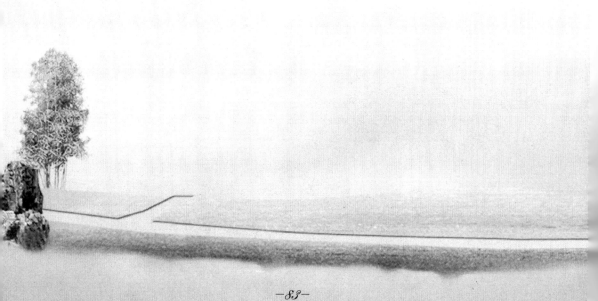

时光

时光
是一辆开动的列车

她在快速前行
没有回头

回忆
是春天的雨

淋湿心情
但荡漾着美丽

寂寞
是天空的一片云

遮挡了阳光
这是暂时的黯淡

知识
是人生的精神财富

拥有她闪烁光芒
浪漫洒脱

在人生的长河
时间的渡口

我们都是过客
坦然自若

有些风景不必在意
拥有自己的蓝天

发自内心的微笑
阳光和温暖将伴随一生

 爱的温暖

爱的温暖
可以抵御冬的严寒

如骄阳
温暖情怀

如雨露
滋润爱恋

秋已走　冬来临
树叶带走了秋意

树在默默等候
来年相恋的春天

寒冷是冬的蕴藉
孕育着春天

风在刚柔
雪在飘逸

采风的才子啊
以你情有独钟的方式

倾诉着心中的爱意
让她在寒冷的冬季温暖

难言相思的情愁
化作别离的美酒

酒醉吟一首诗歌
情意绵绵

但愿人长久
想起你的温柔

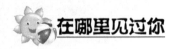
在哪里见过你

在哪里见过你
我已记不起

感觉那么　那么的熟悉
可能是梦里　梦里的相遇

我自风雨中走来
星月之光交错的瞬间

喧嚣的繁华
在身后轰然退去

是你的柔情
如那西湖中的清水涟涟

碧波荡漾在我的心湖
荡了我千年的念想

在今夜相聚
举起高脚杯让红酒穿过我们的身体

双目含笑醉在夜里
素色流年

你倾城的容颜
你和红酒让我醉不知归

穿越

时光如梭
在万物变幻中轮回

一束炙热的目光
穿越五百年的回眸

在今生相遇
不为朝朝暮暮
只为那深情浪漫的相识

走过风霜
走过雨
走过春夏秋冬

相逢在烟雨蒙蒙中
只为这一场盛世的相见

这是花开最美的时期
相逢　相拥

心雨

一夜心雨
美丽了夜

思念少了谁
渐行渐远的心事

心中少了谁
书房散发出高脚杯中酒的香醇

醉了谁
燃烧的沉香

幽香里带一点悲壮
飘舞中带一点绝美

随着淡淡的香烟
消散

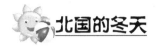 北国的冬天

北国的冬天
寒风刺骨

空中飘零的雪
如天女散下的花

让大地银装素裹
美了谁的情缘

北国的雪
丰满了谁的柔情

缠绵着忧伤
高脚杯中的红酒散发着清香

美妙的音符
袅袅天籁

绕住谁的征程
让沉醉的汉子不知归途
醉在北国的冬天

 **无欲则刚**

无欲则刚
是人生的态度
更是美好生活的境界

心有天下是智者
奉献是心灵的美丽

无欲则刚
在万卷书中感悟人生
就像四季的轮回

过往的岁月都是自然
学会在淡泊名利中超脱

无欲则刚
让那世界的是是非非
都成为自然的尘埃

向往自由的呼吸
和那赋诗放歌的豪迈

无欲则刚
爱　放下更是大爱
爱　在对社会的奉献中永生

爱　心中爱的旗帜鲜明
奉献吧　让博爱在华夏传承

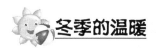 **冬季的温暖**

寒冷的冬季
狂风和零下的温度

历练了年轻人刚强铁骨
时光卷走年少的轻狂
雪花洗尽爱情的青涩

满天飘零的
是净化世界的精灵

万紫千红的大地
在这个雪花飘零的夜

还能看到天空的月
这该是多么开心

我徜徉在自己的世界
红酒　诗歌和爱情

美丽了我的人生
纯真的梦幻逐渐褪色

黑色的羽翼挡住了阳光
但它挡不住我对美好生活的追求
在这个冬季感受爱的温暖

拥抱使命活在当下最美丽

看着窗外呼啸而过的大地万物
那渐行渐远的美丽

有些感叹
目视前方我才发现

蓝天白云下
花花绿绿的世界一样美丽

当我们回首时
沉淀的可能不只是记忆

那些如风的往事
那些如歌的岁月

都在冥冥的思索中飘然而去
拥有的就该要珍惜

毕竟　错过了的
就再也找不回

只有拥抱每个当下
人生才会永远美丽

 可以回放的记忆

在人生的长河
细数那流年的往昔

每个人都有自己不朽的传奇
或刻在心里　或在枕边的日记里

那可以写成浪漫的小说
像春天的鲜花散发美丽

融一抹优雅文字
把它们挽成生命永恒的青春

我的诗歌伴着我高脚杯中的美酒
用流年的笔记下点滴的过去

记下铭心的春夏秋冬
等到我们年老了

拿出来晒着太阳慢慢回忆

 美如诗画

微笑着
还有这双充满深情的眼

是我心中最美的画
感动着　感动着
笔下浪漫的诗歌会说话

美丽的画面
天真的　天真的

洁白无瑕
快乐和自信
写满了你的整张笑脸

美如诗画
豁达的个性

给了你精神的华丽
高贵和大气
让你的生命升华

那个美啊　那个画
你是我心中可爱的布娃娃

嫣然一笑　多了牵挂
坚韧无畏　爱就爱了
爱的美丽可以富甲天下

是谁闯进了我的视线

是谁闯进了我的视线
拨动了我的情弦

一往情深
亘古不变

是谁闯进了我的视线
默默地付出释放温暖
一天　一天
用心陪伴

是谁闯进我的视线
灼灼热烈的双眸燃烧情缘

温柔的情话
缠绕耳畔

是谁闯进我的视线
穿过千山万水
爱波恋恋

是谁闯进我的视线
纵使寒冷的狂风
也吹不散我们的爱恋

是谁闯进我的视线

花前月下享受浪漫
让爱情之花长开人间

是谁闯进我的视线
我的爱情
我可爱的姑娘

我的爱恋
暖如春天

在自由的天空翱翔

在自由的天空翱翔
奋马扬鞭迎风朝阳

沿途一路鸟语花香
耳畔风语欢心舒畅

在自由的天空翱翔
脚踏征途斗志昂扬

刀光剑影吟诗歌唱
仰天长啸华夏回荡

在自由的天空翱翔
神剑出鞘铁蹄疆场

让爱情的旗帜飘扬
抚琴赋诗江湖武王

在自由的天空翱翔
小桥流水情深意长

封剑归隐名扬远方
诗词歌赋不朽文章

因为爱情我愿意

因为爱情
我愿意

见与不见
总在心里想起

因为有你住在心里
风雨过后彩虹挂在天际

与你相遇让我忘了过去
就像我经常忘记自己

因为爱情
我愿意

就这样我一次次相信你
相信爱情的美丽

尽管在寒冷的冬季
我依然感觉到爱情的温暖和甜蜜

因为爱情
我愿意

春夏秋冬
酸甜苦辣

每每想起你
我曾经伤感的记忆

让那冬天的风吹离
天空的白云掠过
没有留下一丝痕迹

因为爱情
我愿意

我愿意
因为你

一次一次
改变自己

你犹如那春天的花朵
散发青春的芬芳气息
总是一次又一次让我着迷

 **爱在心里**

爱在心里
生活充满了动人旋律

温馨相恋
天上人间比翼双飞

你的出现让我找到生活真谛

爱在心里
望着你深情双眸

我忘了自己
在动人的瞬间中感受甜蜜

爱在心里
笔下那浪漫的诗篇

诉说着你我的故事
把欢乐深种在心里
我的双眼虔诚地欣赏你的美丽

相逢在阳光里
走进你的世界

沉醉在这里
领略你大海的情怀
不离不弃

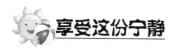 享受这份宁静

周末的清晨
独自
静静地散步在后花园

刺骨的寒风吹着
漫步几圈过后
冰冷的双手才有了温暖

冬季的这里很静
只能听到风吹的声音
心儿依旧安静

春天那一路的芬芳
已远去

但从未忘记
仿佛又在眼前

心中有春天
就会拥有温暖

还有无数的时间
可以拥抱你

灿烂在每一天
太阳在东方升起

听海

听海
漫步在海边
用心聆听着海的声音

听海
那激起的层层海浪
拍打着沙滩

打破了这夜的寂静
天空一轮明月
映照着海面

海中的月光
随波起伏

如少女荡着秋千
掠过我的思绪

大海
静静的夜

很久了
很久没有这样静静地
用心感悟大海的情怀

南国的风光

温婉而让我动情

欣赏这里的美景
清影

拨弄着心弦
那海浪
诉说着美丽的爱情传说

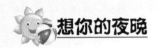 **想你的夜晚**

想你的夜晚
我又坐在窗前

轻轻打开窗儿
沉思在窗前

想你的夜晚
看着满天的星星

诉说思念
让流星传话我的期盼

想你的夜晚
我有点孤单

多么期盼你就在眼前
拥抱你我只能梦幻

想你的夜晚
黑夜是多么的漫长

我孤枕难眠
闭上双眼飞到你的面前

放手

放手
是爱的境界
是爱的高度
是爱的真谛

爱是期许
爱是祝福
爱是放手

走吧
莫负爱情

岁月匆匆
时光轮转

爱过
方知什么是情

即便有依依不舍
留在心中

经历几多

才会明白
命运不同
放手
也是爱

 香山的红叶

香山的红叶
远远望去如天上的彩虹

随着冬天的来临
她已凋零
往日的风采不再

曾经的一树嫣红
在冬季已成传说

季节的轮回
有喜悦和叹息

像那传说
朵朵鲜红的娇艳

满山的红叶
美在明天
美在心里

一片片红
静静躺在大地上
随风摇曳
温柔地嬉戏
含着微笑

 **感之语**

自然界处处有感动
心语间灵犀有真情

四季重生
姹紫嫣红了鲜花
美妙动听了情歌

醇清芳香的葡萄酒
盛满了温馨的祝福
时时刻刻温暖在我的心房

握一支笔
写下浪漫的诗歌

一句问候
留下温情的关怀

一条信息
无法言悦的情意

一段情
深深触动着心灵

爱情
人间最美的画面
醉美人生的永恒

 **冬之感**

树上最后一片黄叶
随着寒风飘落
冬来了

寒冷的冬天
让丰满洒脱的树
暂失往日的光彩

一片落叶渲染了冬色
一季落花沧桑了流年

冬天是储蓄能量的季节
只为来年的光辉更加灿烂

一片黄叶
一棵树

在萧瑟中飘摇
冬季的狂风吹过

遮掩了心事
寂寞了温情后的夜

融融的冬意
你的来临昭示一年的岁末

寒冷的冬
冰洁的雪

绽放着天山的雪莲
蕴涵了力量
温暖了岁月

 **爱的光辉**

爱的光辉
是你的品格

浪漫了多情的诗歌
美丽了心中的风景
丰富了爱的宝藏

爱的光辉
你有大海的胸怀

更有旷野的宽广
自然的魅力
醉人的微笑

爱的光辉
照耀恋爱的美好

爱情一样的甜蜜
阳光般的温暖
月亮般的深情

魅力的无限
燃起生命的火花
心中有爱

脸上就会永放光彩
人生更灿烂
世界更美好

青春

青春
是人生的释然
是一种心态
和对人生的感悟

让青春的岁月盛开心花
一场盛世的繁华

愿不倾城
也不倾国

只倾我所有
简单幸福的生活
单纯而平凡

一支神笔
一杯红酒
一颗爱心
一个健康的体魄
唱响青春永生的歌

 **幸福永远**

幸福永远
坐在闪烁的星光里

温情的晚风吻着我的脸
幸福的微笑多美满
所有的心事被你看穿

幸福永远
想你　念你　爱你

在每一个黑夜和白天
你的笑容牵引我的视线
你的爱左右着我的心田

幸福永远
紧紧握着的双手

重复我们的誓言
紧握着相爱的今天
让我们住进爱的天堂里

幸福永远
漫长的黑夜和白天

双手紧握给你我的温暖
这深情和多情的点点
延续世纪爱情通往明天

恋

曾记否
相约冬夜后

梦还江南
已是流年

又逢同忆
眉眼低帘

盈盈见郎
问曰

知否 知否
天长地久

心随君留
念有心生

诗歌

浪漫的诗歌
蜡烛下的灯光

沉迷的情侣
陶醉在这里

红酒杯里的灵感
醉后的狂想

不朽的诗歌
震撼着心灵

诗歌
我心里的爱

唱响
只为愉悦地生活

诗歌
世界的每个角落

唱向
你在的地方

诗歌
如春天的太阳

照亮你我
点燃我们的情歌

爱的天空

不是所有的心情
都无语相约

那月亮与繁星
阳光与白云

默默地
留浓烈的情
在天空诉说
云的转身
放下一帘帷幔

洁白的告别
念想了所有欢乐

星星向月亮眨眨眼
这是深情的温婉

鸟儿在天空飞翔
呢喃着爱的传说

和风吹散了
诗歌的婉约

岁月的弦音
弹奏出汹涌澎湃

让春韵起舞
让心情放飞

一对比翼鸟
翱翔在爱的天空
向人们唱着爱的恋歌

 心中太阳

太阳为你
磨墨执笔
写下真挚的话语

不朽诗歌
华美的文字里
有着最浓厚的情感

大善的真理
阳光天下
光明的前程

阳光
给了我们温暖
光明和信心

华丽的一切
渲染这阳光信仰
还有真情

素朴的文字
柔情似水
依然燃烧

是我的真诚
是我的心声
阳光我们的爱情

姜泉甬诗集

一滴水

一滴水
也可成大海
海纳百川

一滴水
也可成江河
有容乃大

一滴水
润泽万物
她是生命的源泉

一滴水
是我们的恩惠
她是我们的世界

一滴水
是我们的生命
因为我们就是一滴水

缘

今夜
沉醉在梦里
播放的是恋情
还有相拥的深吻

今夜
陶醉在音乐
想起你　我的情人
伴着我的是对你的思念

今夜
我又提起笔
记录那流逝的光阴
还有心中的你

今夜
月光那么的美
可我是多么的想你
想你　想你

今夜
我仰望那满天的星空
心中的这份爱恋变成音符
飘向远方的你

渐行渐远的心事

在我的心里泛起涟漪
念想　缘
我们今生的缘

我爱你
在我的心里
还有我的梦里

 **爱的盛开**

在如约的时光里
你我
美丽的邂逅

心心相印
情境交融

从此
爱有了深深的感悟

在如花的春天里
爱在守候

守候花开的时期
欣赏蝶恋的舞步

蝶变的美丽
为你永久

在如诗的春天里
爱在跃动
如同优美的音符

在爱的琴弦上
拨动在你我心中

在如画的春天里
爱在溢流

用心着色
用情描绘
心与心的碰撞

爱的激情
燃烧在
你我心中

在爱的春天里
爱的花蕾
挣苞欲出

爱的雨露
滋润心头
芳菲异彩

只为
心爱的人
最美的盛开

 心中的梦

满天的星空

把世界点缀得如此美丽

坐在窗前

看着窗外

那有着诗情画意的明月挂在天空

凝视你

月宫的嫦娥

翩翩起舞

优美的舞姿

舞出撼动天地的惊叹

默守着一段情

以思念为伴

相思的美展现

还有相思梦

独影映与月宫

洒一幕泪水为镜

点亮心中的灯

月光下穿越时光

直达记忆深处

岁月轮回

总是静谧的让人遐想

走不出忧伤的心门

往事盈溢于心灵

一如潮汐
悄悄地漫过

抬头仰望满天的月星
一种激情在燃烧
激励我去实现心中的梦

相遇

相遇在
某年某月的某一天

阳光明媚
你我相识在爱的春天

这是上帝的眷恋
这是五百年前修下的缘分

喜欢花前月下的柔美
喜欢海角天涯的情醉

我们的浪漫写满华夏
我们的心怀柔情似水

我们如痴如醉
我们无怨无悔

用阳光般的温暖
去谱写浪漫的弦音

这美妙的乐章
激情相依
相遇在阳光里

因为阳光的滋润
我们的爱才有生机

长夜　星空万里
烛光下对坐交杯

醉酒长啸
感悟天地

繁华世界
还有多少有情人
在思念的深夜沉醉
爱　爱的甜蜜

相遇在甜美的岁月里
相遇我心中的女神

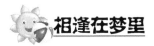 **相逢在梦里**

相逢在梦里

生活充满了动人的旋律

在这温馨的春天里

你的出现让我找到了生活的真谛

相逢在梦里

多少次拥抱

望着你深情的双眸

在动人的诗词中感受你的甜蜜

相逢在梦里

默默的编织那动人的故事

我把欢乐深种在心里

我用自己的方式欣赏你的美丽

相逢在阳光里

我走进了你的世界里

领略你大海的情怀

我沉醉在你的怀抱里

心海

心海
心在呼唤
倾听了思念
这是来自爱的心海

心海
一把爱锁打开
融多少情怀
在你心中存在

心海
你心意难猜
我心却痴爱
此世多情几载

心海
一片湛蓝
海纳纯净的爱恋
这是天赐的情缘

心海
因为相爱
几许感慨汇作海
无悔此生的等待

念想

念想
你不在的日子

念想
我的心和你在一起

念想
那分分秒秒的甜蜜

再回首
深情凝视你迷人的微笑

再回首
醉在你的柔情里

再回首
为的是在这一眸的凝视里

找到和你最近的距离
隐了身却断不了对你的思念

月光下念想你
我的迷人女神

你像那每天升起的太阳
照亮我的心路

想你

爱恋的日子
好甜　好美

成功的时候
相互祝福　彼此欣慰

写你
打开心意的天窗

让你浓浓的情
透进我的心灵

翻开记忆的书页
让爱我的人
铭刻在我的心底

看你
你是一座高大的山

当我看你的时候
让我有了伟岸和红酒梦

读你
你是一卷富有内涵的诗集

刚读开头就已陶醉

沉浸在芳香的诗意

为你
我在心中为你盛开
装点你生活的精彩
更赋予你生命激情无限

梦你
在梦中
总有你温情的笑容
深深烙印在心里

心语
上帝让我们
两颗圣洁的心　碰撞在一起
两个你知我懂的人
相溶在一起

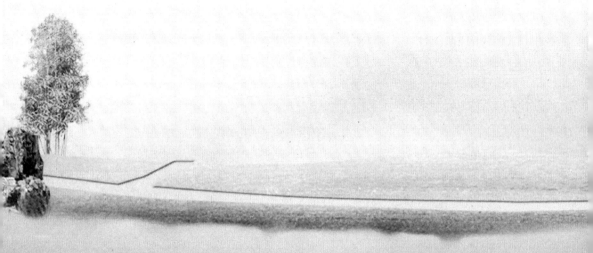

心莲花为你盛开

心莲花为你盛开
一生定要美丽
这是心莲花的盛开

悄然绽放在你心头的情怀
用激情为你盛开

我以我盛开的姿态绽放美丽
我以我迷人的芬芳清香记忆

让我们一起
参悟一点禅意

欣赏一朵花的姿容
心阅一滴水的善美

一朵莲花着情了心雨
小晕了爱意的红潮

瞬间低眉执笔
和韵一阕
有了一种无言的美丽

心莲花绽放在你的生命里
在灯火阑珊处

不染纤尘　为你独有清香
淡淡的像一杯清茶
那馨香滋润了心灵

纯纯的像一杯红酒
那浪漫浸透了心房

静静的像一轮明月
那柔情缠绵了爱裳

让我们一起
把激情放逐在岁月里洗涤

让人生灿烂如歌
让生命尽情怒放

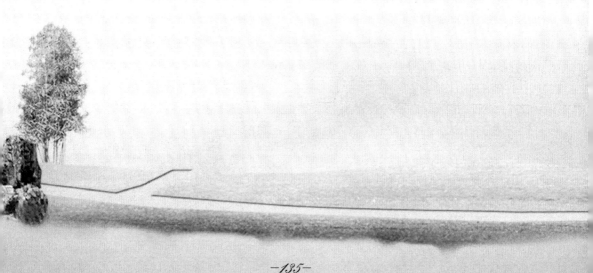

爱之莲

我是你心中的一朵莲
长在天涯云水间

爱是潮水
让她为你盛开

倾心间
惊艳了一池莲

且听月语
又闻风吟

最是那一生的温柔
是一朵莲花不胜凉风的娇羞

心动

安静的夜晚
听着悠扬的曲调

想着你
这段我们一起浪漫的时光
像风轻轻拂过平静的湖面

暖风里痒痒的感觉
是幸福　这天下最美的人生

因为有你
这不知是否有甜蜜的尽头

爱在春天来
这爱来得如此梦迷

伴着你偶尔片刻伤感
可知否我的心

这让我如何安静
这让我如何安心

我的恋人
我的心

《姜泉甬诗集》

多想在闲暇的时光
回忆　回忆

美丽的冰雪
这美丽的回忆

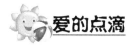 **爱的点滴**

爱在心中珍留
只为亲爱的你　静静默守

爱不需要理由
只为有情的你　默默付出

爱在心路
同思想　共追求　相濡以沫

情境有爱在心舟
我在这头　你在那头

遥遥欲穿寄情流
爱在凝眸　一见钟情　心动加速

爱在心念
天天想你

阵阵酸楚
幸福爱的心痛

爱在梦中
成就相依相拥

爱意泉涌

爱在心海
激情扬帆
驶向爱的彼岸

星空

星空
那样辽阔
梦想是我今生的追随
启程踏上成功的路

星空
这夜色是那么的美
这星空的燎原
给了我无限的激情

星空
你的自然宁静
博大与宽广
住下我的梦

星空
这无限壮丽
唤醒爱的冲动
心中燃起希望的烈火
奔向你我的梦想

心路

心路
照亮了前程

这黄河之水
我们的母亲

这份情
一直埋藏在心里

春天来了
大地万物有了生气
世界　她需要爱

野心家
你在追求什么

请守住当下
去实现心中的梦

不灭的信念
激发我前进
让星星之火去燎原吧

是你　心中的梦
让我有了爱

让这爱天长地久
心路　驶向你在的方向

上善若水

做人如水

你高　我便退去
绝不淹没你的优长

你低　我便涌来
绝不暴露你的缺陷

你动　我便随行
绝不撇下你的孤单

你静　我便长守
绝不打扰你的安宁

你热　我便沸腾
绝不妨碍你的热情

你冷　我便凝固
绝不漠视你的寒冷

上善若水　从善如流
如水人生　随缘从众

 **烛光杯影**

围合而坐
我们重复着不老的话题

时而轻松
时而深刻

任凭感觉像杯中的红酒
举起又滑落

读一首激扬的诗
哼一曲心底的歌

在这个年龄
你不必太含蓄

在这个夜晚
没有什么不可以说

人生本来短暂
为什么还要往晶莹的杯中
倒入苦涩

江水冲不垮堤岸
白雪遮不住春色

擦干泪水

激情依然在瞳孔里闪烁

我们一同唱起春天的故事
目光坚定而沉着

这就是你
这就是我

从容不迫
英雄本色

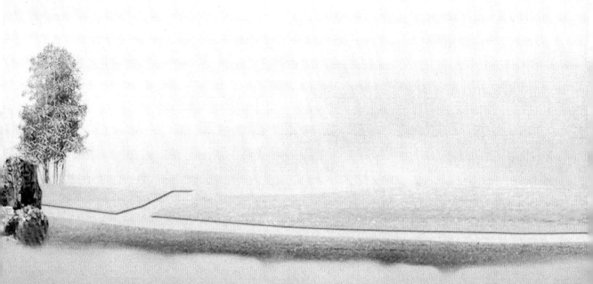

 浪漫之夜

和着美妙的旋律
悠扬一曲
聆听着心的情愫

我向往夜的浪漫
向往你陪伴的甜蜜

这是心灵的融汇
这是人生的真谛

我向往美如画的人生
我喜欢动人的心慧

让我们的思想高飞
翱翔在梦想的天空

让爱的阳光洒满大地
让爱的甜蜜

在你我心中流溢
温柔地把你包围

浪漫之夜
给我美的回忆

像一部经典浪漫的电影

清晰回放在脑海里

第一次约会
第一次相拥

第一次爱的缠意
这是我们爱的开启

我们的爱神
将写下不朽的爱恋

爱了　在浪漫的夜

今天

今天
从日出东方
到星移月隐
这时间轮回
承载了多少人的梦

今天
我们又一次
相聚在北京
畅谈未来
开创又一个奇迹

今天
我很开心
因为畅谈未来
一个伟大的梦
从现在开启

今天
我感恩你们
亲人
是你们
和我一起创造奇迹

今天

今天是我们的
　　现在
　　行动吧
世界需要我们

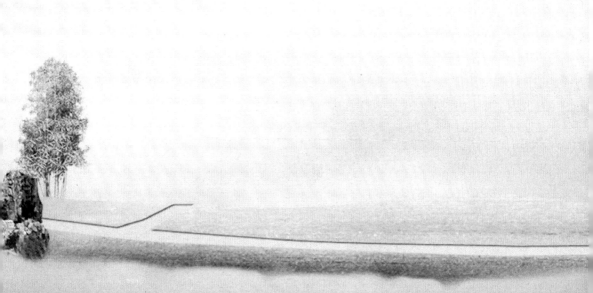

姜泉甬诗集

 美丽世界

花儿　鸟儿
大地　万物

时序轮转的岁月
美丽的世界

时光
每天在点滴中流淌

愈近
你我相约的日子

美丽的世界
心中的光明

我的奋斗
挂满思念的枝头

让心
徜徉在阳光里

魅力的世界
期盼

细雨中散步
雨的温柔牵手

田间的小路
一片片叶子

在快乐中
吐出芬芳的绿意

心动的今天
让轻柔的风

送入我的眼帘
随着如数的光阴

还有我笔下的赞歌
触动心灵的瞬间

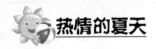 **热情的夏天**

热情的盛夏
徒步在峡谷旷野

太阳的亲吻
让我激情四射

我热爱这里的天空
我热爱旷野的运动
我喜欢自由自在的歌唱

热情的盛夏
皇城车水马龙

热闹倾城
梦想在这里

亲朋的热情好客
让我处处感动
喜欢静下来想你　我的乡情

热情的盛夏
热血在沸腾

满世界欢声笑语
人在旅途心系真情

深夜伫立在窗前
抒发豪情千言

我爱你
思念在心间

热情的盛夏
一份真情

寄情书于梦中
爱你　没在你身边怎么尽情言

承载着这个季节的心事
美丽苦楚诗情酒意

我自己承载
坚定而长久

不禁在窗下
深思对你的情怀

我爱你
想你　每一分钟

 那一天

那一天
我们相识
这是缘分安排

那一天
我们相恋
这是注定的情缘

那一天
我们相爱
身心欢快相融精彩

那一天
如痴如醉
交织着深深的爱

那一天
我们沉醉在爱海
爱心涌动你把我俘获
真心相爱感动天地

那一天
相识的缘分和快乐
相恋的情醉和迷人
相守的爱意和甜蜜

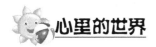 心里的世界

傲立在天地间的珠峰
是我的仰视

有一天我用脚步丈量你
亲切把你拥抱

享受云雾缭绕
天地之间做个巨人

大海　你是水的母亲
万物离不开你

你是我儿时的梦
渴望有你一样的胸怀

汹涌澎湃存在
孕育万物我们爱

天地
我们不知你们的距离

可我们把你们放在一起
希望我们没有距离

心中的爱
守候你

一天　一年　万年
亘古世纪

相爱在天地间
没有距离

你我欢喜真爱
开始浪漫的情旅
美丽　魅力

 **美丽的乡村**

美丽的乡村
朴实的乡亲邻里
曾经生活过的地方

世间有一种真情
无法用言语形容
粗犷近邻赛亲戚

美丽的乡村
多少次梦中回到这里
儿时的记忆玩伴嬉戏

回忆你我　陶醉记忆
纯真可爱少年　梦幻奇迹
守候心中的乐土　乡村美丽

美丽的乡村
一如月光下的小树林
一抹淡淡难忘羞涩的初恋

乡村是我们的根
轻轻不忍惊动你的安静
乡村清新亘古不变的记忆

美丽的乡村

深情您孕育了我的爱心
还有乡邻灼灼热烈的双眸

远方的游子怀念您
生生不息　我们的祖居
想您遥远的乡村

望穿千山万水
梦回故里
我美丽的乡村

信心

信心
是通向成功之门的钥匙
是人生思想的升华
是无坚不摧的力量
是到达彼岸的航母

信心
是一种状态
是正能量的存在
信心我喜爱
我在你就在

信心
好可爱
你在美好都在
与你同行春暖花开
拥有你
我变的可爱

信心
爱上你
使我成就大爱
美好的生活都期待
有你天上人间现在

 ## 爱情鸟

清晨的第一缕阳光
慢慢爬进我的视线
一双爱情鸟
停留在我的窗前

爱情鸟
跳跃欢呼嬉戏
它们唱着爱情的歌
偶尔彼此梳理着绒毛
这对幸福的爱情鸟

爱情鸟
你们恩爱缠绵的情话
醉了此刻单身的我
多想也像你们一样卿卿我我
唱着爱的赞歌

爱情鸟
醉了
在清新的早晨
我斟了一杯葡萄酒
端起酒杯为你们祝贺

爱情鸟
把我的思绪带到葡萄园

我的天上人间
有一天我会和你　我的女神
在这里浪漫放歌
在这里迷醉爱情神话传说

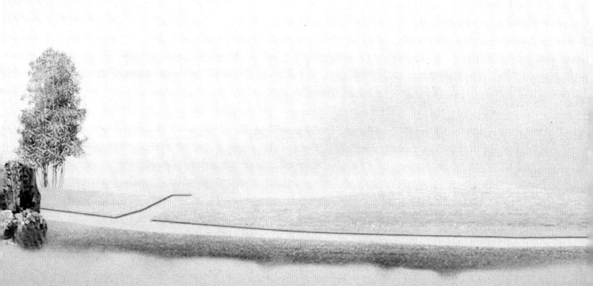

 **君子兰**

我爱你
爱你的冰肌玉骨
爱你的志义高洁

你不与群芳夺艳
你不与万卉争春

你总在默默无闻
静静地散发着清馨

我爱你
胜过爱我自己

我爱你
爱你在孤寂中的自洁其身
爱你善待独处的品格

你独有高尚的美丽
浸润了我的身心

你是慎独之花
有着独有的芳菲

我爱你
爱你的清新淡雅
爱你的乐心冰纯

爱你的柔躯傲骨
爱你的暗香盈袖

每一次见到你
都让我激动不已

一阵轻风吹过
你幽雅的清香
都让我着迷

那是心灵的对话
没有距离

君子兰
我爱你高尚的品格

我爱你的醒世独立
你就是人生品格的象征
这就是你高贵的魅力

心声

太阳慢慢升起
万物向你微笑欢喜

风轻轻地送来你的声音
倾听心花绽放

掠动了谁的心
旷野花枝颤动娇嫩的红晕

蒙蒙细雨
羞花酝雨成荫

傲立在天地间
倾听你心跳的声音

天边我的女神
让风带去我的飞吻

心声
我听到你呼唤的声音

在这个寂寞的夜
望着杯中的红酒沉思

爱在心里

干杯我的爱人

夜语
放歌为你写的情诗

陶醉在自己的世界里
守候心中圣洁的爱情

寄情书于流星
爱你我心中的女神

永恒的爱听着你的声音
我爱你　我爱你

花儿

春天的暖风轻拂面庞
含苞花儿
在春姑娘的陪伴下
翩翩移步向我们走来

你是大地情人
为人们带来温馨
这世界因为你的点缀
而让人着迷　花香醉人

你的花瓣如此芬芳
还有那美的花蕾
就像我们的相识
那样美丽
就像我们的相知
那样纯真

凝视你
美丽的花朵
你让我春心荡漾
迷失自己
我花一样的青春

 **爱如骄阳**

爱如骄阳
暖洋洋
享受爱的沐浴
喜悦留在心上

爱如骄阳
徒步穿越
甘肃敦煌
地气阳光

爱如骄阳
一望无际
茫茫戈壁
天地之上

爱如骄阳
自然魅力
征服了我
徒步丈量

爱如骄阳
沙漠蓝天
好美的地方

帐篷里梦好美
天地宽广

梦吧

昨夜的梦
和你牵手
有了爱的火花
梦吧

那个浪漫啊
爱情要开花
品着红酒
看着你

我相信
我会梦到
心中的你
一起醉在葡萄架下

月色皎洁
铺满鲜花
牵手葡萄庄园
春秋冬夏

有了思念
开始想你
藏在心里
默默牵挂

深夜的月光照在床榻

轻轻地赋诗

伴你睡下

梦吧　我们的爱

欣赏你披着透明的羽纱

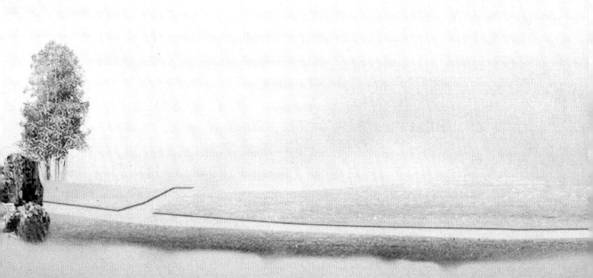

 ## 心灵的沟通

心灵的沟通
无需语言
相交于心灵
由情开始
是心与心的交融

心灵的沟通
回归自然
深情于一举一动
忘情于所有
因为有你占据在心中

心灵的沟通
无私的奉献
对你的欣赏
时时刻刻动容
爱像血液一样在涌动

心灵的沟通
陶醉在你似水的温柔
芬芳了岁月的流年
因为懂得
爱无需甜言蜜语
她在一举一动中

你

　你
　　不是水
　　却有水的柔情

　你
　　不是太阳
　　却有太阳的温暖

　你
　　不是高山
　　却有高山的厚重

　你
　　不是大海
　　却有大海的包容

　你
　　不是月亮
　　却有月亮的深情

　你
　　不是星星
　　却有可以燎原的星火

　你
　　不是灯盏

却照亮了前行的路

你
你是谁

你
你是爱
爱在血液中涌动
爱　深情

 **秋天的歌**

秋天的歌
丰收的硕果累累
丰华秋实
我能深深感觉到
那丰收的声音

秋天的歌
田野里万物的叶子都黄了
但它们依然在微风下
跳着欢快的舞　唱着歌
我用心倾听不忍错过

秋天的歌
是夜　儿时的玩伴
相聚田间村头
升起篝火
翻越　那儿时的歌

秋天的歌
田间的小路
勾起我少年的回忆
那段恋情
掠去对真情的向往
爱　爱情

秋天的歌

故乡的云
还有在城里看不到的星空
多少次我轻轻地来了
又轻轻地离去
不忍吵醒你

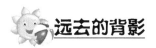 ## 远去的背影

远去的背影
是别离
或是远行
距离带走了暂时的忧伤

远去的背影
千山万水
或是各奔东西
却隔不断留在心里的温情

远去的背影
纵使大海的狂风
也吹不散
那美好的念想

远去的背影
穿越时空
再去亲身感受
那刻骨铭心的深鸣

远去的背影
记得 记不得
你走的时候
也如你悄悄地来了

尽情歌唱

尽情歌唱
每天的日出日落
牵动着诗人的思绪

飞翔　飞翔
追忆过往的岁月
有喜悦　也有淡淡的忧伤

尽情歌唱
我知道
情　爱情

无法用语言来形容
它是人生的加油站
生活的美好

拥有爱情
人生会更精彩
事业会充满希望

尽情歌唱
在路上
我们常常在路上

你就像那太阳

不仅送来光明
还有无限的能量

尽情歌唱
微笑在脸上
喜悦在心上

沿途一路的美景
我用心收藏
日夜和你慢慢分享

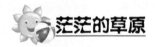 茫茫的草原

茫茫的大草原
走进你天地宽广

一望无际的草海
伴着淡淡的花香

成群的羊马
个个肥壮

那放牧的汉子
粗犷的歌声
在草原回荡

茫茫的大草原
牵动我放歌的豪迈

展翅飞翔
微风吹过
那起起伏伏的草浪
就像大海的波涛
在草原汹涌奔放

茫茫的大草原
在深秋里
你依然散发魅力的光芒
我该用什么词汇来赞美你

这个让我着迷的地方

茫茫的大草原
无以言表的诗歌
焕发我深深的情愫
你的美
是这片土地的骄傲与辉煌

茫茫的大草原
我期待很久了
又一次来到这里

我的梦
你的美
是我永恒的记忆
我美丽的大草原
我的梦想

 **大草原放飞梦想**

大草原放飞我的梦想
草原上一路狂奔

像脱缰的野马
像展翅翱翔的雄鹰

无际的花花草草
在这里耀眼芬芳

草原
我喜欢的地方

汗血宝马
铁血男儿

手拿套杆飞驰草原
是我久久的向往

大草原这里的天好蓝
宝马飞驰

我的思绪在草原飘荡
还有那牧马的汉子

在激情歌唱
歌声在蓝天白云下回荡

大草原放飞我的梦想
一阵微风吹过

花儿　草儿
散发出淡淡的清香

赋诗放歌吧
草原　我梦想的地方

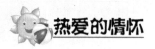 **热爱的情怀**

热爱的情怀
燃烧起我活跃的思绪

那份俘获心灵的清香
在开启后散发出来

她有自然的生命
和浪漫的情怀

热爱的情怀
对你的痴爱不知从何而来

天地的精华孕育你的精彩
舞出那绝伦的惊艳

热爱的情怀
这情怀荡漾起浪漫的色彩

就像那天边的云彩
飘荡在我的心间

燃烧赋诗的火种
绘成一片片云海

沉醉在你的世界
感受美好的爱

 爱情之花

爱情
是美好浪漫的永恒

爱情
是永不凋谢的鲜花

花瓣
是前世修来的缘

花蕊
是深情的爱

花香
是温柔的情

花蒂
是相思的根

花茎
是紧紧相连的爱意

爱情之花
温婉　美丽

深深凝聚在一起
盛开在心里

酿出人生四季的芳馨
织成爱情永远的美丽

爱情的话语　心灵之音
爱情之花

好美丽
那是因为
心有爱的营养滋润

 **在路上**

在路上
我是快乐的行者

背着梦想上路
收获的是美景
还有坚定的信念

在路上
我看到的只有目标

执着前行
沐浴天地的光辉
梦想就在前方

在路上
我是勇敢的战士

不畏艰险
只为那胜利的喜悦
还有鲜花

在路上
天地宽广

丰满了我的胸怀
美丽的日月星辰

在我的思绪荡漾

在路上
我喜欢行走
历练我健康的体魄
还有我展翅高飞的翅膀

 **我渴望**

我渴望
成为诗人

可以用浪漫的符号
来勾画你的美

我渴望
成为行者

可以用矫健的步伐
来丈量你的世界

我渴望
自己是一朵鲜花

在你住的地方盛开
芬芳把你缠绕

我渴望
浪漫的爱情

和你牵手
在相爱的路上

我渴望用真爱
来欢迎你

我渴望用热情
来温暖你

我渴望用真心
来打动你

我渴望用怀抱
来珍惜你

我渴望用爱情
来拥有你

因为我爱你

奶奶　我们爱您

奶奶　我们爱您
是发自心里的声音
不光因为您是我们的奶奶

更是因为
您有慈母的爱心
因为有您
我们无比的快乐和幸福

奶奶　我们爱您
您是我们今生前世的缘
不光因为您也爱我们

是因为
您是我们心中的女神
爱您胜过爱自己

奶奶　我们爱您
陪伴我走过春秋冬夏
我们的心从未分离

因为有您
生活中我们充满自信
我们爱您

爱您有大爱的心

奶奶　我们爱您
您的笑容永远绽放在脸上
您教会我们很多做人的道理

您有一颗童心
天真朴实的情怀
如同阳光照耀着我们

温暖着我们的心
我们爱您奶奶
您是我们心中的女神

奶奶　我们爱您
今天是您的八十大寿

祝福您
我们爱您
亲爱的奶奶

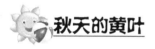 **秋天的黄叶**

秋天的黄叶
不经意间到了深秋

树上的叶子黄了
金装素裹
有一种美的忧伤

秋天的黄叶
不知从何时起

你开始飘落
一片片随风起舞
犹如爱恋的蝴蝶纷飞

秋天的黄叶
微风吹起

在树林里尽情翩跹起舞
为金黄色的世界
留下最美好的情意

秋天的黄叶
金灿灿的树叶

静静躺在这里
轻轻地踏着你柔软的身体

不忍前行

秋天的黄叶
到了落叶的时候

也许这就是你最后的归依
落叶归根
为的是来年更加美丽

 **缘分情意**

缘分让人相遇
真情让人相知

默契成为知音
真爱成为情侣

耳聪能听到声音
目明能透视心灵

相遇之景最美
相爱之情最亲

思念是一种幸福
思念是一种温馨

思念是一种牵挂
思念是一种美丽

缘是上帝安排
份是人心所为

让我们的人生更美丽
留一份美好的回味

爱和被爱
一样美丽

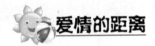 **爱情的距离**

忧伤的时候
我就想你

想到你
我就会快乐

想你
是我最喜欢的事

你那醉人的微笑
定格在我的脑海

认识你的时候
天好蓝

一切都是那么美丽
你动了我的情

爱了　好深
爱到记不起

我不知道和你的距离
因为我总把你当我自己

念想

念想
浪漫的烛光晚餐
天上人间情景
真情依偎
还有那高脚杯中的红酒

念想
此时远方的你
心中有些许哀愁
没为你点燃烛光
在这寂寥的夜里

念想
陪伴你的身旁
卿卿我我享受你的柔情
目视窗外的夜空
寄相思于风雨中

念想
朦胧的夜我笔下的诗歌
写下我们的爱情故事
你渗透我的生活
闭目合十流星划过的瞬间

我在祝福许愿
流星
带着我的祝福飘向你

中

 轻轻的风

轻轻的风
在这个盛夏的夜
送来阵阵的清凉
还有你的气息
仿佛你我相拥耳语

轻轻的风
是此刻你送给我的最好礼物
因为我听到了你的呼唤
我爱你　我在想你
这是我们的心声

轻轻的风
吹进我的心湖
轻轻的风
像你我的爱情使者
在往来传送我们的情话

轻轻的风
心中溢满了诗情
心里描绘着蓝图
夜深了
与你同醉在这浪漫的夜

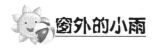 **窗外的小雨**

窗外的小雨
端一杯红酒站在窗前沉思
那窗外盛夏的雨
灯光下密密地斜织
像天宫的流星雨

窗外的小雨
好一番诗酒画意
闲静　飘逸
此时窗外的雨拨动了心弦
轻赋对你的赞歌

窗外的小雨
你是水的映影
你是风在放歌
轻柔般在空中曼舞
加油　万物的生命

窗外的小雨
如天空中云的霓影
像大海中浪的柔波
舒缓　舒缓
像花一样的怒放
飘漾在充满爱的人间

 微笑的魅力

微笑的魅力
她像美丽的鲜花
给人温馨
又像阳光撒下正能量

微笑的魅力
她是一种神奇的语言
又像万能的钥匙
可以打开你的心门

微笑的魅力
她像我的心中女神
不经意间
掠走我的灵魂

微笑的魅力
折服在你的世界里
享受温暖的滋润
在微笑中感悟人生
在微笑升华身心

 轻轻　我来了

轻轻　我来了
如那每天升起的太阳
希望送来温暖
孕育万物
我愿意奉献

轻轻　我来了
像那上帝撒下的雨露
引来你的欢呼
我喜欢亲吻你的脸
在你的肢体上荡漾

轻轻　我来了
和着青春的美
写下对你的赞歌
沉迷在这里放歌

轻轻　我来了
就像我悄悄来到这个世界
不为别的壮举
就为做大爱的使者

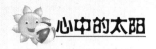 心中的太阳

心中的太阳
春天的太阳在心里升起
我们的人生阳光洋溢
万物在阳光雨露下美丽

每一天都有浪漫的气息
热爱人生的美
写下不朽的赞歌

心中的太阳
紫霞美丽了天际
大地上花红柳绿
蝴蝶轻轻地

翻飞着风花春月的心悸
那旷野凡尘的琴弦
伴随精彩的诗篇心旷神怡

心中的太阳
和着生活的节奏
漫漫起舞你我的韵律
倾诉心中的梦

诗音在华夏飘荡
和谁长舞
在心路的春天

生命

生命的开始
一颗小小的种子
上帝赋予了她生命
蕴藏着无穷的力量
开始生命的征途

生命诚可贵
大爱价更高
生命不在于寿命的长短
在于生命力持久的过程
和整个鲜活生命的品质

人生的态度
是一种正能量传播
阳光雨露对万物的孕育
美好生活过程的乐观态度
积极向上的拼搏精神常在

人生的过程
就是一次浪漫旅行
明确出发的目的地
做大爱的传播者
欣赏沿途的一路风景
在心路的世外桃源享受生活

忠诚

忠诚
你我的心里
人生的最美爱情
浪漫的自由
渴望彼此的忠诚永久

忠诚
是爱情的堡垒
心中的天使永留
忠诚是多么神圣
拥有你爱情才能甜蜜

忠诚
是我对爱情的赞歌
你让我有了梦
牵着你的手一生
欣赏这雨后的彩虹

忠诚
风雨同舟
相伴终身
是对爱的承诺
陶醉在你的身旁享受柔情

忠诚

我在你的梦里
你是我心中的太阳
是你
成就最美的人生

留恋

留恋
在喧嚣的世界

我喜欢安静的音符
舒缓中静静地旋转
悠扬着过往的旋律

留恋
那个我童年的时代

一切的音符都是那么的悦耳
那个给我留下美好记忆的时代
我时常怀念

留恋
曾经历那平静的岁月

一首首动人心弦的老歌
就像一部无声的电影
播放着爱的赞歌

留恋
她让我深深地爱上了你

朴实无华的诗歌
你渐行渐近地向我走来
用心倾听着天籁旋律

大自然的魅力

大自然的魅力
通过四天的徒步经历

我用脚步不仅丈量了局部的你
还丈量了我自己

让我对你有了更深的认识
你是宇宙的产物
你有无限的魅力

大自然的魅力
第一次和你亲密的接触
让我深深爱上了你

你的神奇魅力
完全征服了我
爱上你我徒步穿越证明自己

大自然的魅力
在这个有着意义的盛夏

徒步穿越太白山之行
将改变我的生活轨迹

人与自然
天人合一

我用饱满的心情
传播你的魅力

大自然的魅力
你给了我无限的力量

你给了我爱的向往
你教会我坚持和刚强
爱上你我有了新的梦想

 太白山的早晨

太白山的早晨
天然的氧吧

万物和自然相处得和谐美丽
昨天我们的营房都督门

安扎在森林里
旁边是缓缓而流的黑河

河里的卵石高高低低
我坐在河中间的一颗大卵石上
听着泉水哗哗　唱着歌

太白山的早晨
第一亲历如此美景

天上人间不过如此
我喜欢这山水

忍不住我又一次捧起泉水
甘甜益于心扉

偶尔也有不知名小鸟
在河床的卵石上嬉戏
多么壮观的一幅山水画

太白山的早晨
也是第一次

我听到这么多鸟儿歌唱
这就是传说中的百鸟齐鸣吧
高山流水碧空万里

一棵棵叫不上名字的参天大树
还有奇异的古树
在这里天然安逸
我爱你　天然的地貌奇迹

 太行山

天高云淡
脚下太白山
望断秦岭山峦

盛夏美无限
名胜古迹显现

太白山
高歌笑语连连

山高云淡
勾起心思涟涟

可以独坐山顶
思绪万千

脚下白云拨弄心弦
壮哉 太白山

 **蒙蒙细雨**

蒙蒙细雨
唤起我对你的思绪

穿过空间的世界
润泽华夏大地
迎来万物的欢喜

蒙蒙细雨
肥沃泥土的生机

孕育生命的新绿
花儿　草儿的笑容
她又在思念谁

蒙蒙细雨
诗人笔下的诗篇

唱响世纪的轮回
让浮躁的心
融进万物的世界

蒙蒙细雨
这是一个多情的花季

一段段奇缘
延续美的传奇
盛满喜悦春天的气息

 年轻的心

年轻的心
我喜欢想象

向往那神奇的世界
还有梦幻般的力量
带着我自由的飞翔

年轻的心
充满激情创造梦想

新时代高科技
给我们的梦想插上翅膀
飞翔　飞翔

年轻的心
如刚升起的太阳

我的世界洒满阳光
春天是我的季节
成长　成长

年轻的心
我边走边唱

沿途的美景我喜欢欣赏
这世界多么的美丽
行动在成功的路上

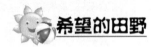 ## 希望的田野

希望的田野
一杯爱情的美酒
滋润爱的心房
浪漫的心海开始荡漾
美丽的鲜花在这里生长

希望的田野
这里的天空明亮
大地洒满了阳光
鸟儿在轻轻歌唱
到处弥漫着芳香

希望的田野
欢乐的春风
轻轻地漫步在春的时光
欢快的葡萄树茁壮成长
今年的丰收美好希望

希望的田野
满山的葡萄树
这里种满了希望
在这片美丽的地方
是我们的人间天堂

山水情意

山水情意
山青青
水碧碧
高山流水韵依依

山水情意
山给水依偎
水依山情意
山水相恋在天地

山水情意
山水之间
不在于高深
在于自然的默契

山水情意
上善若水
为高山流水
谱写了最优美的旋律

思念

思念

她是美的向往

我喜欢在一起

更喜欢思念的感觉

就像欣赏天上的彩虹

思念

奔驰在宽广的高速上

路边树绿花香

万物茁壮成长

这一望无际的美好景象

思念

像是长上了翅膀

带在我的思绪在空间翱翔

天上人间美好清爽

六月今天丰收希望

思念

我的心陪伴你身旁

默默地注视远方

让微风带话爱你地久天长

思念是你我大爱的成长

观海

一望无际的海天
默默坐在游轮甲板
轻轻海风吹过
一丝凉意爽人心扉

我心中的大海
汹涌澎湃
可能是因为我的到来
她温情可爱

大海我爱你
任凭涛声撞击我的思绪
呼唤我记忆深处的爱恋
我神往的海

静静地屹立游轮的护栏
海天奇迹般的出现
一栋栋大厦
啊！海市蜃楼在眼前

 北戴河

北戴河
北方的避暑胜地
今天精英会兄弟姐妹
相聚在这里
队长晓华　我们的后天亲人

北戴河
海边云雾缭绕
望海第一观
海景迷人
空中楼阁梦幻迷离

北戴河
避暑第一酒楼
欢歌笑语
兄弟姐妹情深红酒陪
诗情酒意精彩这里

北戴河
海底公园
也有奇异
万鱼遨游尽在眼里
人鱼相处和谐美丽

北戴河
乘风破浪豪华游轮
甲板上谈笑嬉戏
照相留影留下记忆
感恩有您欢乐无比

等待

等待是一种无奈
每天的日出日落
花开花谢
分分合合
都是结果我们无需等待

等待
春天来了
太阳出来了
我们的激情也来了
现在开始
去开创新的纪元吧

等待
它骗了我们
只有现在行动
我们才有真正的未来
行动
是最好的表白

等待
在这里春暖花开
放飞我们的梦
遨游在希望的海
成功在向我们招手
现在行动我们不需等待

夜雨

夜深了
夜静了

天还在下着小雨
我喜欢雨
更喜欢这夜雨
不忍睡去

夜雨
透过窗外灯光
如密织的流星

布满这宁静的夜
春雨贵如油
撒下的是
人民收成的希望

夜雨
朦胧于春风
那一条河流

承载着田野的希望
新绿　耳语
倾听田间的细雨
轻轻摇曳着万物的天籁

夜雨
大地的福音
为你欢呼

花儿　草儿
为你载歌载舞
欢送你的离去
迎接明天的太阳

湖水

湖水
一望无际
微风吹过

湖面是一层层水波
像天空望下的梯田
壮观美丽

湖水
春风撩起湖水的面纱
湖边的天鹅

双双对对在这里嬉戏
浩渺烟波天境
沉思在这里着迷

湖水
喜欢你　在这里
湖中的水鸟

舞出湖水的韵律
细波轻挽湖面的薄雾
眼前一幅唯美的画卷

湖水
智者手握神笔

笔下神奇的画卷

涟漪轻轻旋起
湛蓝湛蓝的梦
怡然景色

任由我的思绪翱翔
把矜持和梦的柔情
萦萦绕绕

穿越时空
穿过静静的黑夜
陶醉在这里

思念

思念
无言独守空楼

寂寞的夜里
陪伴我的是思念的心声

我喜欢在这样的夜
静静地想你

思念
窗外春天的小风

轻轻吹着
我喜欢这感觉

就像你
在我的耳畔诉说爱恋

思念
朦胧的夜幕掩了我的表情

可掩盖不住心中的喜悦
默默地注视远方

天上那依稀可见的星
就像你的眼睛迷离

思念
想你　想你了

用诗歌诉写我无尽的牵挂
黑暗和白昼的交汇处

天道酬勤的男儿
寄情于荣归故里的期盼

思念
心中泛起涟漪

划着希望小舟
驶向梦的心房

采撷一朵玫瑰
诉说心底的萌芽

风已远离
飞向你在的那里

春天

春天
你是四季最美的季节

喜欢你
我们人生如春气息
心里开满人生不谢的花

春天
你　是人们追逐的梦

你在时光中轮回
你　是诗人笔下的赞歌
你给人们以温馨

春天
树绿花红

万物有生机
爱你春天的诗界
写满诗情画意

春天
走在希望的田野

绿意装扮了世界
在广阔的山川
丰富了我的思绪

春夜

春夜
春夜的风轻轻
天上的月和那星

在天空唱着情歌
春意的温情
醉了一对恋人

春夜
都市的花园
是恋人的天堂

成双成对耳鬓私语
浪漫的情怀
点缀了世外桃源

春夜
动人心弦的凝视
打开了女神的心门

沉醉在热恋中
犹如那传说中的神仙
爱了　爱在春夜的青春

距离

最远的距离
是你我彼此喜欢

却用一种方式
伤害彼此

为了心中的梦
奔博在爱的战场

渐行渐远
隔不断心中的距离

你偶尔的无礼
可知否

震动的
是我的心

对你的爱没有距离
彼此相爱

你在我的心里
在这个夜半说声爱你

星月相恋
在我心里是美丽

想你在每个夜里
爱你我们没有距离

感慨

感情的世界里
有太多的惊喜和喜爱
让那分分合合的爱
变成欢乐的海

感慨
生命的价值
在于我们的博爱
面对诱惑尽情去爱
多做善行可比大山可比海

感慨
生活中的风雨
是上帝给我们的爱
这种锤炼
可以丰富我们的胸怀

感慨
曾经的沧桑
是过眼云烟
洒脱的姿态是大爱
天天微笑的心境

何需感慨
浅浅喜欢
静静爱

深深思索
淡淡释怀

爱情

人生的最美时候
浪漫的情由
多渴望她会永久

爱情
心中的天使
梦中的女神
现实中的甜蜜

爱情
你让我有了梦
牵着你的手
欣赏这雨后的彩虹

爱情
风雨同路
相伴一生
陶醉在你的身旁

爱情
我在你的梦里
你是我心中的太阳
享受你的温情
这是我最美的人生

今天

今天
你有着诗情画意

今天
你是永恒的开始

我用激情
奋斗在你的征程

今天
你是我心中的太阳
你是我未来的奠基

今天
是万物播种的时光
是孕育成长的田地

今天
在太阳的照耀下
用一只神笔
描绘我们未来奔放

旅途

怀揣愉悦的心情
我开始了旅行
沿途的美景丰富着我的歌赋

读万卷书
行万里路
此刻她的意义变的深厚

人在旅途
她像青春的少女
让我在旅途中熟读

旅途
有许多奇遇
念念不忘历历在目
和我的梦想一起旅行

寻找实现心中的梦
她像风　她像云
她是属于我的风景

心灯

心灯
是照亮心路的光明
让我有无尽柔情

这份情
珍藏了心灵的明

心灯
你是四季的太阳
万物因为你绽放

心灯
你照耀着我的前程

心灯
这光明
给了我更高的追求

大爱
守住你我的心灯

 **自然的力量**

自然的力量
她超出我们的想象

自然的力量
简单地重复妙常

用心感悟
有惊奇的希望

自然的力量
载着我的梦想

翱翔在美妙的空间向往
超出我的想象

自然的力量
风景变幻美丽神往

一切都是最好的安排
我们尽情享受

感悟

感悟
在人生的旅途
世界有无穷变数
让人有时无厘头

感悟
要学会自由
太阳的照耀
不是每天都有

感悟
社会是个大学府
清楚中透出模糊
让人不知所有

感悟
所有的路都在心里
守住当下
这是我们的拥有

春天

春天
我放飞心情
行走在情人的心里
那妩媚的阳光
沐浴我心中的梦想

春天
多情的花儿竞相开放
微风里
享受这样把你欣赏
陶醉在你的身旁

春天
你是我的向往
多想常住在你的心上
感受你的爱抚
春天的阳光

春天
你的到来
让万物快快成长
滋润我的心和梦想
我爱你春天　我的姑娘

情缘

今夜
沉醉在梦里
播放的是恋情
还有相拥的深吻

今夜
陶醉在音乐里
想起你我的情人
伴着我的是对你的思念

今夜
我又提起笔
记录那流失的光阴
还有心中的你

今夜
月光那么的美
可我是多么的想你
想你　想你

今夜
心中的这份爱恋
变成音符
飘向远方的你

我知

我知
在寂静的夜
你站在窗前
遥望心爱的方向

我知
在遥远的方向
心爱的人
在为你爱意流淌

我知
你在忙影中只能念想
织女为牛郎
早已做好了情裳

我知
你为了更高的梦想
远在他乡
唯有在心中
你我倾诉爱的衷肠

我知　你懂

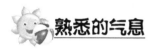

熟悉的气息

熟悉的气息
天边的太阳已慢慢睡去
烛光里看着为你写的情诗
我的思绪在回忆
回忆我们的甜蜜

熟悉的气息
在这个夜里
我又提起笔
字里行间
有你温柔的栖息

熟悉的气息
闭上双眼
你又来到我的心里
你是我心中的女神
对我是那么的熟悉

熟悉的气息
你清晰的笑容
还有那甜蜜的话语
这一切的一切是我们的秘密
脑海里闪动着你我熟悉的气息

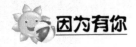 **因为有你**

因为有你
多少个这样的夜晚
静静坐在窗前
看着为你写的诗歌
把你想念

因为有你
这样的夜晚不孤单
你的心和我相伴
数着天上的星星
悄悄放飞思念

因为有你
这长夜也浪漫
我的思绪穿过长夜
把祝福送到你的窗前
让你也不孤单

因为有你
在我的黑夜和白天
思念像温暖的阳光
照耀我每一天
因为有你爱滋润心田

牵手

牵手
相遇在午后
漫步在山间小路
牵着你的手
走在温情的风雨后

牵手
在这个午后
你的爱温暖了我的心情
缘分让你我走进心里头
迷醉在这个世外桃源

牵手
你的笑美丽了一路风景
拉近了我们心的距离
真爱是心的长城
感动着一路与你同行

牵手
有你一生的相伴
一路这美丽的心情
并肩同行人生路
幸福永远在你我的心中

幸福永远

幸福永远
坐在闪烁的星光里
温情的晚风吻着我的脸
幸福的微笑多美满
所有的心事被你看穿

幸福永远
想你　念你　爱你
在每一个黑夜和白天
你的笑容牵引我的视线
你的爱左右着我的心田

幸福永远
紧紧握着的双手
重复我们的誓言
紧握着相爱的今天
让我们住进爱的天堂里边

幸福永远
漫长的黑夜和白天
双手紧握给你我温暖
在这深情和多情的点点
延续世纪爱情通往明天

雨后的夜

雨后的夜
雨后的夜一片清静
空中没有月亮
也没有星星
牵着你的小手
我们散步在雨后

雨后的夜
一条宽宽的路上
二人前行
这是一个多么浪漫的雨后
几度欢笑　几分柔情
这就是我心中的爱情

雨后的夜
我们边走边唱
伴着动人的旋律共鸣
心与心的撞击
在这陌生的城市
留下一道永恒的风景

 云水禅心

一滴水
一颗菩提
一粒尘埃

念别两无猜
初识梦在
爱念来

莲花若然开
心道禅
缘生在

万丈红尘
轮转千百
渺渺往事

谁又来
月挂天边
念念忘怀

一滴水
一米光
相约窗外

云水禅心
心道禅
莲花若然开